Toute reproduction, même partielle, de cet ouvrage
est formellement interdite sans l'accord de l'auteur.
Tous droits réservés pour tous pays.

Dépôt légal : août 2020
ISBN : 978-2-32224-064-7

Éditeur : BoD - Books on Demand
12/14 rond-point des Champs-Élysées - 75008 Paris - France

Danielle Layani-Pon

Du bleu de la mer aux bleus de la vie

Ce livre est dédié à mes filles, Stéphanie et Émilie, à mes petites-filles, Sasha et Gabriella, et à mon mari, Joël.

Je le dédie également à tous ceux que j'aime. Présents ou pas dans cet ouvrage, ils se reconnaîtront sur cette page. Mes amis, mes proches, ma famille, je vous aime et tiens à vous le dire.

Les espèces qui survivent ne sont pas les espèces les plus fortes, ni les plus intelligentes, mais celles qui s'adaptent le mieux au changement.

Charles Darwin

Je suis comme je suis

Jacques Prévert

Je suis comme je suis
Je suis faite comme ça
Quand j'ai envie de rire
Oui je ris aux éclats
J'aime celui qui m'aime
Est-ce ma faute à moi
Si ce n'est pas le même
Que j'aime à chaque fois
Je suis comme je suis
Je suis faite comme ça
Que voulez-vous de plus
Que voulez-vous de moi

Je suis faite pour plaire
Et n'y puis rien changer
Mes talons sont trop hauts
Ma taille trop cambrée
Mes seins beaucoup trop durs
Et mes yeux trop cernés
Et puis après
Qu'est-ce que ça peut vous faire
Je suis comme je suis
Je plais à qui je plais
Qu'est-ce que ça peut vous faire
Ce qui m'est arrivé
Oui j'ai aimé quelqu'un
Oui quelqu'un m'a aimée
Comme les enfants qui s'aiment
Simplement savent aimer
Aimer aimer...
Pourquoi me questionner
Je suis là pour vous plaire
Et n'y puis rien changer.

Chapitre 1

L'enfance, c'est l'envers de la vieillesse :
c'est ne rien savoir et pouvoir tout faire.

Robert Lalonde

Au volant de ma voiture, fenêtres ouvertes, grisée par la brise qui s'engouffre et le paysage qui défile sous mes yeux, je réfléchis.

Je réfléchis au temps qui passe, aux vies que l'on perd, aux vies qui se répètent.

À la vie, si riche quand l'on sait en profiter, si l'on sait être en paix avec le passé et le présent, et sans crainte vis-à-vis de l'avenir.

Je pense à celle que je suis devenue. À tout ce qu'il me faut raconter, pour me retrouver et enrichir ce présent qui parfois ne me ressemble plus assez.

Oui, retrouver cette femme que je n'ai jamais cessé d'être et qui m'était pourtant devenue étrangère, à force de compromis. De compromis ou d'adaptation ? Difficile de trancher.

Les mots ont un incroyable pouvoir. Ils nous permettent d'exprimer nos sentiments et nos sensations, des vérités et des mensonges... Et même quand ils ne sont que de simples désignations, ils bavardent et nous racontent des histoires.

Ces histoires, petites et grandes, il faut les écouter. Les mots que chaque langue offre, tous ces noms et tous ces adjectifs que nous utilisons, en disent toujours bien plus long que ce que l'on peut penser au premier abord.

Je le sais bien, moi qui suis une pied-noir d'origine juive.

Pied-noir ! Quelle drôle de mot pour nommer ceux qui ont vécu durant plusieurs générations sur une terre qu'il leur a fallu quitter. Ainsi, durant mon enfance, je n'étais pas une pied-noir, mais simplement une Algérienne.

J'étais Dany, la petite fille chérie par ses parents, leur seule enfant.

J'étais la préférée de ma grand-mère Nejouma, celle à qui elle racontait de belles et longues histoires qui avaient le pouvoir de m'embarquer dans un univers féérique composé de douceurs et de gaieté.

J'étais heureuse, entourée d'amour, de couleurs et de senteurs, grandissant dans une culture que je croyais mienne. À cette époque, nous cohabitions, catholiques, musulmans, juifs et athées, sans que cela ne pose aucun problème. Je savais que chaque religion possède ses rites et ses croyances ; j'étais élevée dans le respect des différences.

Oui, à cette époque, j'étais une enfant parmi d'autres, je n'étais pas encore une pied-noir, déracinée du sol qui a porté ses premiers pas.

J'ai entendu cette expression de pied-noir pour la première fois au moment de l'indépendance, dans un contexte de haine et de rejet, de stigmatisation.
Mais moi qui ai grandi dans un contexte de diversité ethnique et religieuse, dans une famille aux origines sociales opposées ; moi qui ai connu l'exode, je suis simplement Algérienne de terre et Française de nationalité : une femme qui garde de son enfance en Algérie le souvenir d'un univers magique.
Jusqu'à mes dix ans, j'ai vécu dans une ambiance de conte de fées.
Ma grand-mère paternelle, Mémé Nejouma, cette femme soumise, mariée à seize ans avec un homme qu'elle n'avait pas choisi, ne me racontait pas seulement des histoires, elle les habitait, elle en était au centre.

On dit souvent que les contes recèlent une sorte de pouvoir initiatique et qu'ils aident les enfants à développer leur personnalité, eh bien ma grand-mère Nejouma a joué un grand rôle en ce sens. En partageant avec nous des récits qui magnifiaient sa vie, en étant tout à la fois la conteuse et l'héroïne, elle nourrissait mon imaginaire et enrichissait dans un même temps le regard que je portais sur tout ce qui m'entourait. Une telle enfance vous rend fort, elle enracine la confiance dans la vie, en l'amour ; elle vous distille un optimisme qui ne vous quitte jamais totalement, même dans les pires moments.

Je me souviens de ses longs cheveux noirs qu'elle brossait avec soin, de sa longue tresse brillante. Je passais des heures à la regarder se coiffer, s'imprégner les cheveux d'une huile d'olive claire et liquide. Je peux encore en sentir le délicat parfum, voir se refléter dans mon esprit cette brillance naturelle que je remarquais à chaque fois. En présence de mon grand-père, elle portait toujours un châle, et la voir ainsi, dans une intimité différente, me ravissait.

Tous ses petits-enfants réunis dans sa chambre, moi, la seule fille parmi mes nombreux cousins, nous l'écoutions, nous buvions ses paroles. Elle nous décrivait sa vie de faste et de cadeaux à partir du moment où elle avait quitté sa famille, tout ce que son mari lui avait apporté. Il y avait une telle magie dans ses récits !

Je me projetais dans sa jeunesse, dans sa vie de jeune femme avant d'être grand-mère, et son existence m'apparaissait comme idyllique, féerique. Elle me communiquait une vision optimiste du monde, et sans le savoir, elle me transmettait des valeurs, des représentations : l'opulence, la richesse, les cadeaux et le luxe rendent heureux, ils font de vous un être comblé. Je n'avais pas le sentiment que ma grand-mère nous racontait des souvenirs, non, il me semblait juste entrer dans un monde magique, intemporel, un monde que j'habitais moi aussi, et dans lequel j'étais sûre de demeurer en permanence, avec son amour comme compagnon.

Heureusement que l'on ne sait pas ce que la vie, parfois, vous réserve, on cesserait de profiter du temps présent.

Enfant, je ne pouvais démêler la part de fiction et la part de réalité dans ce que Mémé Nejouma nous racontait. Mais quand je songe aujourd'hui à ce qu'était la vie de ma grand-mère, mon sentiment demeure le même.

Malgré son enfance dans une famille pauvre et autoritaire, malgré un mariage avec un homme riche rencontré le jour où il lui a été présenté, malgré les maternités répétées, ma grand-mère Nejouma était heureuse.

Elle n'embellissait pas sa vie de jeune fille en

nous la racontant, elle la décrivait telle qu'elle l'avait vécue et continuait de la vivre. Pour elle, passé et présent se conjuguaient de façon harmonieuse.

Sa vie de femme gâtée la comblait. Faire des enfants, recevoir des présents, était naturel, et n'avait pas d'envers. Son mariage arrangé lui avait permis de quitter la pauvreté, de s'élever, et c'est ce parcours qui la rendait heureuse.

Elle aimait chacun de ses dix enfants, elle aimait ses petits-enfants, et surtout, elle aimait mon grand-père, cet homme sévère qui me faisait parfois un peu peur.

Mes grands-parents habitaient dans une grande maison, emplie d'employées qui déchargeaient ma grand-mère des tâches ménagères. Comme dans les contes de fées, en se mariant, chacun des enfants recevait une maison, et nous vivions tous près les uns des autres. Notre demeure était particulièrement très proche de celle de mes grands-parents et je passais presque tout mon temps auprès de Mémé Nejouma.

Cette proximité, cette facilité à se rejoindre, se voir, se parler me semblait naturelle, faisait partie de ma vie. Ma grand-mère, c'était mon idole, l'objet de mon adoration sans limites, et dès que je le pouvais, je la rejoignais pour tout partager avec elle, des gestes du quotidien, des paroles légères, des embrassades, des rires et des connivences.

Mes relations avec mon grand-père étaient différentes, ce grand homme au caractère trempé et au regard assuré me faisait parfois un peu peur. Mais heureusement, ce que Mémé Nejouma nous disait de son époux m'aidait à voir mon grand-père différemment.

Grâce à elle, les différentes images que j'avais de lui s'entremêlaient, telles les pièces d'un puzzle, pour former un tout : un grand-père intimidant, autoritaire mais aussi un homme bon, aimant, la couvrant des plus beaux bijoux et cherchant toujours à la combler. Ma grand-mère ne tarissait pas d'éloges sur lui, et les faits qu'elle nous rapportait venaient prouver à quel point il tenait à ce qu'elle ait une existence dorée. Quand ma grand-mère était venue vivre à Aflou, les salles de bain n'existaient pas encore, mais dès qu'il fût possible d'en avoir une, bien sûr mon grand-père lui a offert ce confort. Je pourrais ainsi citer tant et tant d'autres exemples !

Mon grand-père n'était pas seulement un homme qui gâtait sa femme, il était aussi celui qui l'avait aidée à s'élever à un rang qui n'était pas le sien, elle, issue d'un milieu très modeste.

De cette histoire-là, son enfance pauvre, ses parents, elle ne me racontait rien, comme si sa vie avait débuté au moment de la rencontre avec mon grand-père.

Je savais seulement que même enfant, ma grand-mère avait un fort caractère, et que ce n'avait pas été tous les jours facile pour elle de s'adapter à l'autorité de sa famille, d'accepter qu'on lui dictait de faire. Je sentais bien qu'elle était tellement comblée dans sa vie actuelle qu'elle préférait ne pas se souvenir d'avant.

Ainsi, le luxe et l'abondance dans lesquels elle vivait coloraient le présent et il n'y avait pas d'autre teinte dans sa vie que les couleurs, gaies et vives, du bonheur, de l'opulence.

Toute mon enfance a été peuplée de rituels heureux. Je ne parle pas, bien sûr, au sens religieux du terme, ni même sociologique, non, je fais allusion au côté psychologique : la « ritualité » en tant qu'habitudes ancrées dans la vie quotidienne, ces moments particuliers qui font sens, que l'on n'oublie jamais.

Aujourd'hui encore, le souvenir de ces rituels familiaux m'aide à me sentir heureuse…

Il y avait ceux déjà évoqués, ces moments dans la chambre de ma grand-mère où elle nous racontait des histoires et nous montrait ses trésors, mais pas seulement. Je me souviens de chacun d'entre eux, ils font partie de moi, de ma culture, de ma construction et de ma force.

L'enfance a cela de magique qu'elle laisse sur certains d'entre nous une empreinte indélébile, et pour moi, cette empreinte, loin d'être une tache, est à l'inverse un lever de soleil, de couleurs, de sensations…

Chaque vendredi soir, après le coucher du soleil, c'était le Shabbat qui débutait. Même aujourd'hui où je ne pratique plus, la tombée de la nuit en fin de semaine me rappelle ces moments merveilleux, qui était sacrés pour moi, associés à la joie, au bonheur familial. Pas de travail pour les adultes, il était même interdit de conduire. Tous les enfants se réunissaient chez mes grands-parents, et nous mangions ensemble.

Toute la semaine, j'attendais avec impatience le Shabbat, promesse de rires, de complicité, d'échanges !

Invariablement, à un moment ou l'autre de la soirée, j'étais envoyée à la cuisine avec les employées car j'avais des fous rires que mon grand-père jugeait excessifs. Mais je n'y restais jamais longtemps, la sévérité des adultes à mon égard n'étant pas durable ! Il faut reconnaître qu'à cette époque, je riais de tout, je ne prenais rien au sérieux. Et quoi que je fasse, on me pardonnait facilement. Alors, constamment animée d'une grande joie intérieure, je riais aux éclats, je riais de toutes mes dents, je pouffais de rire, je m'esclaffais, je riais aux larmes, je riais à perdre haleine, je riais à gorge déployée, je riais à m'en décrocher la mâchoire. Qu'il est bon de se souvenir de toutes ces façons de rire qui existent… et de tout ce qui me faisait rire à cette époque ! On parle de thérapie par le rire et c'est tellement vrai ! Aujourd'hui, ses bienfaits sur la santé sont mis en avant dans la presse, sur Internet, et ce qu'on appelle la « rigologie » se développe : des ateliers sont proposés pour rire en groupe, des clubs du yoga du rire ouvrent dans de nombreuses régions…

Pour moi, qui n'avais pas encore atteint l'âge des onze ans à cette époque, le Shabbat était bien plus synonyme de festivités que de spiritualité : c'était la réunion de toute la famille pour partager de bons moments, se ressourcer ensemble. Je me souviens des éclats de rire d'Alain, mon jeune oncle et compagnon de jeu préféré. Il avait à cette époque de beaux cheveux châtain et des yeux verts qui pétillaient toujours d'espièglerie. Dans ma famille, cousins, oncles et tantes se confondaient parfois puisque nous étions du même âge pour certains, du fait des nombreuses grossesses de ma grand-mère. J'avais avec Alain, mon oncle, les relations qui sont celles que l'on a communément avec un cousin germain de qui l'on est très proche.

Ah, le Shabbat ! Comment en traduire l'essence sans la trahir…

Ce n'étaient pas des interdictions, c'était la fête, le repos, le partage !

Je me souviens de ce rituel qui peut paraître un peu étrange aujourd'hui : nous faisions tous la queue pour embrasser la main de mon grand-père lorsqu'il revenait de la synagogue. Cela m'intimidait parfois, mais cela me faisait surtout rire !

Lors du Shabbat, nous mangions souvent le couscous le vendredi soir et le samedi midi, c'était la tafina de haricots, beaucoup de salades cuites, des betteraves.

Ma grand-mère ne cuisinait pas elle-même mais veillait à ce que tout se déroule bien en cuisine : elle guidait les employées, leur montrait rapidement comment exécuter un geste, ajouter un ingrédient, mélanger des denrées. Tel un chef d'orchestre, elle coordonnait le jeu des saveurs, des épices et des herbes du jardin.

Quand on parle de la cuisine juive, on pense souvent aux salades cuites avec des poivrons et des tomates et au pain juif fait maison, et à cette brioche tressée traditionnellement consommée au moment du Shabbat.

Mais dans mon enfance, c'était un mélange de cuisines arabe et juive que nous consommions, des plats variés, aux saveurs riches et délicates, et issus d'une double culture. La nourriture que je mangeais ressemblait à ma vie, riche, savoureuse, un mix sans cesse renouvelé.

Chaque année, nous célébrions également Pourim, qui était pour moi la fête des gâteaux !

Je n'ai appris que très tard l'origine de cette fête et ce qu'elle célèbre, l'intervention d'Esther auprès de son époux pour sauver le peuple juif de l'extermination. Je ne savais pas que *Pourim* signifie "tiré au sort", en référence aux dés lancés pour choisir la date du massacre des juifs voulu par Aman, ennemi de l'Israël.

En février ou mars, suivant les années, nous suivions le jeûne qui précédait Pourim et le lendemain, quelle profusion de gâteaux ! Je me régalais de délicieuses oreilles d'Aman, de biscuits fondants, de petits pains aux perles de sucre. On les réalisait dans la cuisine de mes grands-parents, en présence de Mémé Nejouma et des employés, et l'on inscrivait notre prénom dessus. J'adorais également les mekrouds, ces gâteaux de semoule à la fleur d'oranger, et qui pouvaient aussi contenir pâte d'amande, dattes et miel.

À l'occasion de Pourim, ma famille était encore plus généreuse et offrait aux gens dans le besoin des paniers de nourriture, ou leur donnait de l'argent, et la joie régnait partout ! Au plan religieux, l'une des caractéristiques de Pourim est de célébrer l'allégresse et la joie, et ces deux sentiments habitaient tout mon entourage.

Toute notre famille bénéficiait également de la générosité de mes grands-parents.

Chaque année au moment de Pourim, ils faisaient étaler, dans le patio du premier étage, une grande table sur laquelle ils déposaient de l'argent. Petits et grands faisaient la queue pour en recevoir. Chaque membre de la famille était présent. La queue était ainsi très longue, avec les dix enfants et la vingtaine de petits-enfants qui attendaient patiemment leur tour ! Les adultes et adolescents recevaient des billets, les petits des pièces de monnaie.

Ce n'est pas l'argent que l'on me donnait qui me plaisait dans ce rituel, c'est le partage d'un moment de joie, l'effervescence que chacun d'entre nous ressentait.

Un autre rituel a illuminé mon enfance, hebdomadaire celui-ci… et si simple, si naturel, si spontané !

Le samedi, nous allions avec mon grand-père dans son immense jardin potager, cueillir légumes et fruits. En rang, nous le suivions dans les allées, fiers et heureux. Seuls ses petits-enfants ou enfants de moins de dix ans avaient le droit de l'accompagner, c'était pour nous un honneur et une grande source de joie.

Je me souviens du bonheur que je ressentais à gambader, mais aussi à écouter sagement ce qu'il nous disait, les conseils qu'il nous prodiguait pour choisir les légumes.

Je me revois, légère, insouciante, courant dans les allées avec mes petits cousins, m'enthousiasmant pour ce que la Terre nous donnait.

Mon grand-père souriait, content de nous avoir avec lui, et de nous faire faire partager des découvertes sans cesse renouvelées dans cet endroit qu'il aimait tant. Nous ramassions les salades, les haricots, qui étaient là en profusion.

Ce n'était pas mon grand-père, très occupé par sa vie professionnelle, qui entretenait le potager et le verger, mais de nombreux employés. Lui, à l'instar de Mémé Nejouma en cuisine, décidait, vérifiait, orchestrait, et mettait parfois la main à la pâte, ou plus exactement à la terre pour ramasser ce qui lui semblait parfaitement mûr et appétissant ! Chaque samedi, il contribuait ainsi à ce que nous allions manger tous ensemble les jours suivants. Il attachait beaucoup d'importance à son jardin, source de fierté et de connexion avec l'environnement, mais aussi de lien avec ses petits-enfants.

Autre rituel qui a également peuplé mon enfance : celui des bobos !

Ma grand-mère avait un don, elle était guérisseuse. À chaque fois que je me faisais mal, qu'il s'agisse de petits ou de grands bobos, c'est vers elle que j'allais spontanément.

Elle ne soignait que la famille, et sous ses mains

expertes, nous ne sentions plus la douleur. Que de violents maux de gorge a-t-elle guéris ! Elle prenait son doigt, qu'elle imprégnait d'un alcool, et nous le mettait dans la bouche. Elle nous souriait, avec dans le regard à la fois concentration et gentillesse ; sa seule intervention suffisait à faire disparaître ce mal qui nous empêchait d'avaler et nous faisait parfois pleurer.

Ma fille, aujourd'hui, est magnétiseuse, elle excelle dans cette pratique, et je suis certaine que ce don lui vient de Mémé Nejouma…

Il y avait aussi ce que je pourrais appeler le rituel-projet, cette communion entre présent et futur, ce moment où les deux se rencontraient pour me plonger dans le plaisir de l'instant vécu et la projection d'autres, merveilleux, à venir…

Ma grand-mère attendait que nous soyons seules dans sa chambre, elle et moi, et me demandait de venir m'assoir à côté d'elle. Elle me serrait contre elle et me déclarait alors :

– Dany, quand tu seras plus grande, on ira ensemble en Israël.

Et là, elle commençait à me parler de cette terre que je ne connaissais pas, et qu'elle ne connaissait pas non plus. Elle m'en parlait avec tant de rêve et d'espoir dans la voix !

Nul dans la famille n'y était encore allé, mais cette terre natale pour les juifs a toujours représenté une idée de refuge pour les miens.

Mémé Nejouma et moi imaginions la richesse de ce voyage, tout ce qu'il nous apporterait. J'étais transportée par le son de sa voix, je me retrouvais là-bas avec elle. Je ne me rappelle plus les descriptions qu'elle me faisait de ce pays mythique ni comment elle me décrivait notre périple et surtout la vie qui nous attendait là-bas, s'il s'agissait dans son esprit d'un séjour passager ou d'entamer une nouvelle vie. Je garde juste en moi le souvenir de sa voix, de sa tendresse et de l'allégresse que ce projet m'apportait.

Je n'aurais bien sûr pas su situer ce pays sur une carte du monde et n'en connaissait rien, ni de sa géographie ni de ses habitants et de ses conflits, mais je comprenais intuitivement qu'il s'agissait d'un lieu très important pour ma famille. Je devinais que ce nom, Israël, était significatif, et même capital, dans notre culture.

J'étais ignorante de notre histoire, de celle du peuple juif, puisque l'on ne me parlait ni des exils et des massacres ni de l'esclavage et de la terre de Canaan. Mais une chose est sûre, les discours de Mémé Nejouma me transmettaient une délicieuse impatience, celle que l'on ressent dans toutes les situations de promesse de bonheurs au pluriel.

Encore une magie dont ma grand-mère était capable : me projeter dans des bonheurs futurs, tout en me télétransportant au présent sur une terre mythique, objet de rêves et d'attentes. La terre promise s'offrait à moi chaque fois qu'elle m'en parlait.

Dans le secret de sa chambre, Mémé Nejouma me montrait aussi tout ce qu'elle me donnerait quand à mon tour je me marierais. Elle possédait notamment une semaine en or, ces sept bracelets que l'on porte ensemble, et qu'elle gardait précieusement dans un coffre. Que j'aimais contempler le mouvement de ces bijoux quand ils ondulaient sur son bras en une douce caresse et avec un son qui tintait joyeusement !

Chapitre 2

Une grande partie de ce que je sais sur l'amour, je l'ai appris de ma grand-mère.

Anonyme

À cette époque de mon enfance, quand j'étais triste, quand j'étais gaie, quand j'étais malheureuse, quand j'étais heureuse, quand j'étais affamée ou assoiffée, en bref, quels que soient le sentiment et la sensation qui m'animaient, j'accourais vers Mémé Nejouma. Elle était, comme je l'ai déjà exprimé, mon idole ; pour moi elle était capable de tout, elle était magique, elle avait tous les pouvoirs : guérir, apaiser, me rendre heureuse, me faire rêver, me combler.

Cette relation que nous avions, à la fois si unique et pourtant universelle (puisque je sais maintenant que bon nombre de petits-enfants et grands-parents la partagent), m'alimentait au sens littéral du terme. Je me nourrissais de l'amour qu'elle me portait et de toutes les nourritures qu'elle m'apportait à travers ses récits, ses embrassades, ses confidences et ses sourires.

Mon grand-père possédait le bain maure d'Aflou, cette version arabe du sauna : une grande pièce avec des seaux d'eau chaude et froide et beaucoup de chaleur qui se dégage. Ma mère allait de temps en temps tenir la caisse et il m'arrivait de l'accompagner. Je voyais alors les jeunes filles se baigner, et j'assistais parfois au rituel de préparation d'un mariage. Mais contrairement à ce que l'on peut penser, il n'y avait là nulle magie pour moi.
Non, pour moi, l'extraordinaire, le merveilleux, c'était simplement d'aller vers ma grand-mère et de l'écouter me raconter ses merveilleux récits…

Cet amour inconditionnel que je lui portais était l'écho du sien. Elle m'adorait, j'étais sa préférée, et chacun le savait, sans me témoigner cependant de jalousie. Pourquoi cette préférence de ma grand-mère à mon égard ? Elle me semblait aller de soi, je ne me suis jamais interrogée à ce sujet dans mon enfance.
Aujourd'hui, grand-mère moi-même et éprouvant sans distinction la même adoration pour mes deux petites-filles, je me pose davantage de questions. Peut-être avions-nous cette relation privilégiée, car j'étais la fille de son fils préféré… Parmi

ses dix enfants, elle a toujours témoigné à mon père plus d'attentions qu'aux autres, lui octroyant également plus d'avantages et de libertés qu'à ses quatre fils et cinq filles.

Mon enfance dans la ville montagneuse d'Aflou, entourée de mes parents et grands-parents paternels, de mes oncles et tantes, cousins et cousines, c'était Byzance.

Je vivais dans une magique opulence. Il y avait, comme je l'ai dit, l'abondance des histoires racontées par ma grand-mère, et bien sûr l'abondance de l'amour que l'on me portait, un amour décuplé par mon statut d'enfant unique et de seule fille au milieu d'une bonne vingtaine de cousins.

Mais il y avait aussi, au sens littéral du terme, l'abondance matérielle.

Mon grand-père était grossiste, négociant en épicerie, et nous avions tout en très grande quantité : les denrées alimentaires, les produits ménagers, des produits de bazar et bien sûr… les bonbons. Ah, les bonbons ! Jamais je n'en ai manqué ! Dans la chambre de ma grand-mère, au premier étage, une petite lucarne avait été réalisée : un moucharabié, élément architectural très fréquent en Algérie, qui permet de voir sans être vu.

Combien de fois m'en suis-je approchée pour contempler avec fascination la vision d'abondance qui s'offrait à moi ! En effet, mon grand-père, en tant que grossiste, avait aménagé une grande boutique au rez-de-chaussée de leur maison (toute la famille occupait le premier étage, qui comprenait de nombreuses chambres et un patio). Ma grand-mère passait beaucoup de temps à surveiller ce qui se passait dans le magasin en l'absence de mon grand-père, à regarder le va-et-vient des employés. Moi, bien sûr, j'adorais en faire autant, ce lieu de stock, empli de sacs énormes, avait un côté magique, c'était une véritable caverne d'Ali Baba. Des commerçants arabes venaient parfois s'approvisionner, ils s'affairaient dans la boutique, discutaient entre eux et repartaient avec de gros sacs en ployant sous leur poids. C'était un spectacle à la fois familier et différent à chaque fois.

Et surtout, immobile, le sourire aux lèvres, je contemplais pendant de longs moments les grands sacs de bonbons et de sucettes colorées… J'imaginais l'instant où j'irais en chercher, c'était un moment de douce excitation qui précédait celui, sensationnel, où j'irais puiser dans ces réserves qui nous étaient ouvertes, à nous les enfants, sans restriction.

Cependant, il n'y avait pas que mes grands-parents qui me gâtaient et m'ouvraient les portes de la profusion.

Mon père, pour se faire pardonner ses fréquentes absences de la maison, me gâtait lui aussi énormément. J'avais tout ce que je pouvais souhaiter, et souvent même, beaucoup de choses sans avoir eu le temps de les désirer. L'abondance de cadeaux, de dons d'argent dont je ne savais que faire à cet âge-là, était là pour compenser une autre abondance, celle de ses voyages d'affaire dans toute l'Algérie… J'étais habituée à ces absences, qui me paraissaient naturelles. En effet, elles me perturbaient d'autant moins que j'étais sans cesse entourée de figures maternelles, entre ma mère qui me vouait un amour incommensurable et bien sûr, ma grand-mère.

Tous ces événements gais auxquels j'ai assisté, qui rythmaient ma vie, celle de ma famille et des habitants d'Aflou ! Les fêtes étaient des rituels si présents dans mon enfance !

Il y avait les mariages, les fêtes religieuses des différentes communautés, les repas partagés. Nous étions invités, nous recevions aussi beaucoup, et je me régalais de couscous, tagines, paellas, et de tant d'autres plats typiques…

Depuis ma naissance, une jeune parente éloignée, Zaza, s'occupait de moi quand ma mère était absente, partie accompagner mon père dans ses tournées pour effectuer des livraisons. Cette belle jeune femme brune aux yeux verts dormait dans ma chambre, dans un lit à côté du mien. Je savais que Zaza était issue de notre famille et comme elle était sans parent proche pour s'occuper d'elle, sans domicile où vivre, mon père l'avait prise chez lui. Grâce à elle, je ne me sentais jamais seule lorsque j'étais chez moi.

Je voyais peu ma mère en réalité, le quotidien que nous avons partagé durant cette période de ma vie ne m'a pas laissé de grands souvenirs…

Du fait de ses grossesses répétées, ma mère était souvent malade. Elle était enceinte régulièrement, mais faisait des fausses-couches, et j'ai compris longtemps après combien ces épisodes douloureux l'ont minée de l'intérieur. Ce que je prenais pour de la fatigue était en réalité de la peine et une sorte de deuils à faire de façon répétée.

C'était une femme gentille, discrète, et très craintive à mon égard. Ainsi, par exemple, elle m'emmenait fréquemment chez le docteur : elle avait toujours peur qu'il m'arrive quelque chose, ma maigreur l'inquiétait, alors que c'était juste ma nature.

Si elle souffrait de jalousie par rapport à ma grand-mère, elle ne me l'a jamais montré.

Au milieu de tous ces souvenirs, quelle image ai-je de l'enfant que j'étais à Aflou, de ma personnalité ?

J'étais gentille et j'étais méchante, dans cette dualité souvent propre à l'enfance.

Mais peut-on vraiment parler de méchanceté ? En fait, je ne crois pas. Mes réactions étaient excessives, parfois, nées de l'exaspération, de frustrations ou de jalousies que je ne savais pas gérer. Il faut dire qu'à cette époque, je n'en connaissais que très peu, évoluant au sein d'une famille qui m'idolâtrait en tant que fille et petite-fille unique. Aussi, inévitablement, il m'arrivait de me comporter comme une petite peste.

Je me souviens ainsi d'une fête foraine dans le village, et d'un stand de tir à la carabine, où une magnifique poupée, aux yeux bleus d'une profondeur inouïe, trônait sur un socle. Elle était posée là pour attirer les gens, les inciter à acheter des tickets et tirer pour tenter de la gagner. Je voulais cette poupée, alors bien sûr, je l'ai eue… Je ne me souviens plus de la façon dont cela s'est passé, mais j'imagine qu'il m'a suffi de la demander, à l'homme qui tenait le stand ou à ma famille, pour qu'on nous la remette sans la moindre hésitation. Une fois rentrée chez moi, je lui ai ôté ses yeux, qu'elle avait plus beaux que les miens.

J'étais une enfant capricieuse, il faut bien le reconnaître…

Capricieuse et malicieuse, en fait. Quand ma

jeune tante Éliane avait une belle poupée entre les mains, qu'elle avait passé du temps à bien la coiffer, à la vêtir de magnifiques vêtements, à la chausser de sandales brillantes, je la lui prenais brusquement et partais en courant, dans un grand éclat de rire. Elle me poursuivait, et je la lui rendais dans un autre éclat de rire.

Comme pour la plupart des jeunes enfants, l'école, bien sûr, a été le théâtre où se sont joués des actes importants de ma vie, et où des aspects différents de ma personnalité se sont exprimés.

Je me souviens de ma première rentrée des classes, de ma joie à n'être, enfin, entourée que de filles, moi qui passais mon temps au milieu d'une vingtaine de petits cousins et de jeunes oncles !
L'école était située à quelques minutes de chez moi, j'y allais à pied. Le bâtiment était composé de pierres grises, le sol était en terre battue et les premières fois, mon cœur battait plus vite à sa vue. Je me réjouissais des aventures que j'allais vivre, des rencontres que j'allais faire, puis, au fil des semaines, j'attendais chaque matin les retrouvailles avec les amies que je m'étais faites.
Nous étions peu nombreuses en classe et nous nous connaissions toutes bien, nées pour la plupart en Algérie et issues de familles venant de la métropole.

Je n'ai gardé aucun souvenir des maîtresses successives que j'ai eues, ou de l'enseignement qui nous était dispensé. Par contre, je me rappelle qu'il m'arrivait fréquemment de m'enfermer dans les toilettes de l'école lorsque je ne voulais pas entrer dans la classe.

On m'appelait, on me cherchait, on savait que j'étais là, c'était devenu une habitude… Je pensais que l'on ne me retrouverait pas, je retenais mon souffle, craignant que le bruit sourd que produisait mon cœur en battant au rythme accéléré de ma peur attire l'attention de ceux qui s'approchaient.

Pourquoi ce besoin de me cacher, de me réfugier dans un lieu solitaire à l'abri des regards ? Par espièglerie, bien sûr, mais aussi par caprice. Certaines fois, c'était également réactionnel : je ressentais de la colère parce que mes parents s'étaient disputés et je ne le supportais pas. Ces disputes étaient rares, je n'en comprenais pas encore l'origine, mais elles généraient en moi une peur sourde, incontrôlable. J'avais la sensation d'un danger tapi, me guettant pour mieux s'abattre sur moi.

Au fil des années, j'allais à l'école parce qu'il fallait s'y rendre, mais je ne ressentais pas d'émotion particulière, ni grande joie ni peine, ni appréhension ou emballement. J'aimais lire et écrire, mais je ne garde pas de souvenirs particuliers de mes apprentissages si ce n'est des pages d'écriture que mon grand-père m'obligeait à réaliser chaque jour…

Eh oui, j'étais gauchère dans un monde de droitiers ! C'était vécu comme une tare à l'époque. Inévitablement, j'étais complexée, car je sentais bien dans le regard de mes proches qu'il s'agissait d'une défaillance, d'une anormalité qu'il fallait corriger. Mon grand-père m'obligeait à écrire de la main droite, et il avait aussi exigé de la maîtresse qu'elle m'y contraigne.

Pourtant, je ne garde pas de cette expérience un mauvais souvenir, car je pense que je sentais intuitivement que c'était pour mon bien.

Le regard que l'on porte sur les gauchers a aujourd'hui beaucoup changé, mais dans ces années-là, il était tellement négatif ! Je suis certaine que ce qui motivait avant tout mon grand-père n'était pas une gêne face à ce qui était vécu comme un dysfonctionnement, mais l'amour qu'il me vouait et l'attention qu'il portait à mon futur bien-être. Oui, il voulait m'éviter de me sentir, durant toute ma vie, à contresens et gauche dans un monde où tout est conçu pour des droitiers…

J'avais beaucoup d'amies arabes avec lesquelles je jouais souvent dans la rue. Mon père m'avait acheté un petit vélo, très cher à l'époque, et que j'adorais. Je tombais souvent, car je ne savais pas bien en faire, mais j'étais la seule à en avoir un, et quelle fierté pour moi ! Je le prêtais facilement, comme chacun des objets qui m'appartenaient.

Je n'avais pas seulement l'habitude de prêter aisément ; je donnais avec la même spontanéité. Ma propension à offrir, redistribuer ne plaisait pas toujours à ma famille !

Je me souviens que fréquemment, partie habillée comme une princesse, je revenais sans rien ! Ainsi, il m'est arrivé plusieurs fois de rentrer chez moi sans mes chaussures. Il me suffisait de voir une petite fille envier mes sandales, je les retirais pour les lui remettre.

Dans un effet miroir, j'éprouvais un grand plaisir à donner, moi qui possédais plus que de raison ! On dit souvent qu'il est plus doux de recevoir que de donner : ceci s'avérait totalement vrai pour moi. Moi qui vivais plus dans la rue que dans ma chambre, j'avais conscience d'être une petite fille privilégiée. On m'offrait tant et tant de choses, alors que d'autres enfants paraissaient si démunis !

Régulièrement, lorsque ma chambre me paraissait trop pleine, je mettais mes jouets ou des vêtements dans un grand sac, et je sortais dans la rue. J'étalais alors une grande couverture sur le sol et, comme dans une brocante, je déposais tous ces objets dessus. Je faisais semblant de les vendre, je jouais à la marchande, mais en fait, je les offrais aux nombreux enfants qui s'approchaient.

Il m'arrivait aussi souvent de donner de l'argent à des enfants en échange de leur stylo. Ce stylo, il devait y en avoir des dizaines du même modèle, chez moi… Mais je voulais qu'ils me le vendent afin qu'ils puissent ensuite s'acheter d'autres choses, eux qui possédaient si peu et dont les parents avaient peu de moyens.

J'avais de mon côté le sentiment de tout avoir…
Parfois, on a tout sans même s'en rendre compte, et ce sont les regrets d'une vie passée qui nous en font prendre conscience, les souvenirs de moments dont on sait qu'ils ne reviendront plus.
Mais moi, ce n'était pas le cas : j'ai eu dès mon plus jeune âge, et tant que j'ai vécu à Aflou, conscience de ma chance, conscience de la richesse de ma famille, et par conséquent, conscience de ma différence avec beaucoup d'autres enfants, pauvres ou simplement issus de familles bien moins aisées…

Oui, j'avais vraiment tout, car outre une aisance matérielle, j'avais une famille unie, de si nombreux oncles et tantes, des cousins et des neveux, des parents aimants, et surtout la plus merveilleuse des grands-mères.

D'ailleurs, je préfère ne pas continuer. Tous ces gens me manquent beaucoup et je sens la peine affluer avec les souvenirs.

Et puis, évoquer mon bonheur me rappelle que si moi j'étais heureuse, ma mère ne l'était pas. Ou plus exactement, elle a cessé de l'être sans que je m'en rende compte, jusqu'à ce jour terrible où ma vie a basculé et où il ne m'était plus possible de l'ignorer.

Je n'oublierai jamais ce jour.

Celui où tout s'est effondré, celui de la cassure.

Dans une sous-couche de mon esprit, cette soirée reste présente et continue d'agir sur moi, me faisant détester les ruptures et toujours espérer, attendre même, les réconciliations.

J'étais dans ma chambre, quand soudain j'ai entendu mes parents qui se disputaient violemment. C'était la première fois que je les entendais ainsi crier aussi fort tous les deux.

J'ai immédiatement cessé de jouer pour les écouter. Impossible de toute façon de ne pas entendre leurs hurlements et de ne pas tenir compte de ce qui allait se passer. L'heure était grave, je le sentais.

Plus que le pressentir, je le devinais. Je le savais. J'avais comme une boule au ventre, un poids qui m'empêchait de respirer.

Je voulais qu'ils arrêtent de se disputer.

Je voulais que leurs voix redeviennent chaleureuses.

Je voulais qu'ils m'appellent, et que d'une voix enjouée, celle qu'ils utilisaient d'habitude, ils me demandent de venir les embrasser.

Je ne voulais pas qu'ils continuent, je voulais que, comme moi avec mes amies dans la cour de récréation, ils se réconcilient, qu'ils sourient et oublient bien vite leur différend.

Que tout reprenne comme juste avant la dispute.

J'avais envie de me boucher les oreilles, mais j'étais comme tétanisée.

Ma mère disait qu'elle allait partir.

Elle reprochait à mon père ses absences, mais surtout cette femme qui avait pris une grande place dans sa vie.

Je ne savais pas vraiment ce que "maîtresse" voulait dire, mais je l'ai vite compris.

Ma mère parlait, d'une voix hachée, brisée par l'émotion, mais avec un timbre fort.

Plus de compromis possible, la vie de couple était devenue invivable pour elle, son humiliation était trop forte.

Impossible pour elle de continuer à partager la vie d'un homme qui, lui, se partageait entre deux femmes, et de surcroit sans se cacher, sans la ménager, elle, son épouse.

J'entendais le flot de paroles s'écouler de la

bouche de ma mère. Et une histoire que je n'aurais jamais voulu connaître se dessinait peu à peu.
Ma mère disait ne pas être dupe, elle reprochait à mon père de prétexter des déplacements, d'avoir des absences de plus en plus fréquentes, de ne plus jamais l'emmener. Il préférait rejoindre cette femme, à Oran, celle qui prenait la place de ma mère, et la bafouait tout autant que mon père.

Mon père devait choisir.
Son choix, il l'a fait immédiatement.
Il n'a pas cherché à la retenir.
À aucun moment.
Il lui a juste dit : « Tu peux prendre tes affaires et partir ».
Voilà.
Après plus de dix ans de vie commune.

Et moi, leur enfant, leur princesse, leur rayon de soleil, soudainement, il était évident que je ne suffisais plus à les rendre heureux.

Tu peux prendre tes affaires et partir.
C'est que ma mère a fait.
Mais elle m'a emmenée avec elle.

La rupture entre mes parents a été pour moi une déchirure sans nom, un anéantissement.
La séparation d'un couple, ce ne sont pas seu-

lement deux adultes qui rompent la vie commune, c'est aussi un enfant qui perd ses parents, son unité, ses certitudes.

Pas une seule fois, je n'avais eu peur auparavant que mes parents se séparent. Ce fut ce jour-là comme un éclair qui soudain détruit tout sur son passage, un ouragan sans nom qui vous laisse nu, abattu…

Le lendemain, mon père a tenté de la retenir, mais ma mère n'a rien voulu entendre. S'il ne promettait pas formellement de rompre avec cette femme, ma mère partirait dans sa famille, retournerait vivre chez ses parents.

Mon père, furieux, pensait qu'elle céderait, qu'elle ne pourrait pas renoncer à cette vie qu'elle menait à Aflou.

C'était mal la connaître.

Chapitre 3

Divorcer, rompre un couple, c'est toujours trancher en soi, à vif. Il faut être sûr que le bien qu'on en tire est plus grand que le mal dont on va souffrir. Parfois des arbres dont on coupe trop de branches meurent. Et il faut aussi penser à l'autre, aux autres.
À tous ceux que ces branches protégeaient.

Martin Gray, *Le livre de la vie*

C'est à la force de caractère de ma mère que je dois la plus grande souffrance qui m'ait jamais été imposée.

L'éclatement de ma famille m'a anéantie sur le plan émotionnel, psychologique. Car ma mère n'a pas seulement quitté mon père, elle m'a fait quitter mon univers en m'emmenant avec elle.

Nous sommes partis d'Aflou pour aller vivre chez mes grands-parents maternels, des personnes que je connaissais peu, des gens âgés avec qui les liens n'étaient pas vraiment tissés, à peine esquissés lors de brèves rencontres.

Ce départ pour Tiaret, ce fut pour moi comme un deuil, une étape qui m'a marquée à vie, même si, bien sûr, je me suis adaptée au fil des ans.

Un deuil, un séisme, un déchirement : toute une palette de mots me vient à l'esprit pour qualifier les sentiments qui se sont abattus sur moi. Le terme d'écroulement est peut-être celui qui correspond le mieux. Tout comme, sous l'action d'une terrible explosion, un mur peut violemment s'écrouler et tomber en débris, ma vie est tombée en pièces, mon quotidien a été anéanti sous le choc brutal de la séparation de mes parents.

Il m'a bien fallu apprendre à continuer de vivre suite à la violence de cette déflagration, et j'y suis parvenue au fil des ans, mais pendant très longtemps ce souffle a continué de s'abattre sur moi et de me malmener.

Certes, à l'inverse d'autres enfants, je n'ai pas connu les conflits terribles qui déchirent les parents, les longues tensions et disputes lorsqu'un couple continue de vivre ensemble alors que tout va très mal, que l'un ou l'autre ne supporte plus la vie commune. Je n'ai pas été non plus l'objet de chantage affectif de la part de l'un ou l'autre de mes parents après qu'ils se sont quittés. Et je savais qu'ils continuaient de m'aimer tous les deux, je n'imaginais pas non plus avoir joué un rôle dans leur séparation, contrairement à ce qui arrive parfois dans les cas de divorce.

Mais comment décrire ce sentiment de profonde déchirure de tout mon être que je ressentais…

Ne plus voir chaque jour ma grand-mère, mon père, a été tout simplement horrible pour moi.
Ne plus partager ce quotidien tous ensemble.

Quelle souffrance que de les savoir là-bas, tandis que moi je demeurais à Tiaret, dans un lieu que je n'aimais pas, dans lequel aucun souvenir heureux ne me faisait vibrer, me sentir heureuse.

Quand je tente de me reconnecter avec des souvenirs de cette période, c'est le vide. Tout est lisse, sans aspérité, ma mémoire n'a rien retenu de cet amas de jours qui s'écoulaient, avec pour seule saveur celle du manque, de l'absence.

Je restais dans l'attente illusoire d'une possible refonte de leur couple.

Même adulte, cette attente ne m'a pas quittée.

Une fois installée avec ma mère dans la demeure de mes grands-parents maternels, je ne voulais pas aller voir mon père, ma grand-mère et mon grand-père, tous mes proches qui vivaient là-bas. Et je refusais de suivre mon père quand il venait me chercher pour que j'aille passer un peu de temps avec eux à Aflou. Il devait m'emmener de force…

Je ne voulais pas vivre cette souffrance que j'éprouvais à me retrouver, comme avant, dans l'environnement de mon enfance, dans ces deux maisons, celle de mes parents et celle de mes grands-parents, tout en sachant que tout était en réalité différent, que dorénavant, ce ne serait plus que pour quelques heures ou pour quelques jours. Comment décrire ce que je ressentais : le côté insupportable d'un séjour, de cette temporalité, de la brièveté qui succédait au durable, qui venait remplacer la permanence.

Non, tout cela était tout simplement trop bouleversant. Inhumain pour l'enfant et la préadolescente que je commençais à être.

Oui, cela peut paraître curieux, mais retourner à Aflou était encore pire pour moi que l'absence totale, la séparation sans retrouvailles.

On souffre moins d'une cassure nette et définitive que d'une plaie ouverte qui réactive la douleur…

Peu de temps après notre départ d'Aflou, lorsque notre arrivée chez mes grands-parents pouvait encore paraître provisoire et non un emménagement définitif à Tiaret, mon père est venu nous voir dans un but bien précis. Il voulait que ma mère reprenne la vie commune, que tout redevienne comme avant.

Il le lui a demandé.

Elle a refusé.

Sans hésitation, sans le moindre doute.

Elle ne voulait pas revenir à cet « avant » avec un mari qu'il lui faudrait partager avec d'autres femmes.

Avec un époux qui ne pouvait pas lui promettre fidélité, car ils savaient tous deux que ce serait un mensonge. Il pouvait quitter celle qui les avait séparés, d'autres lui succèderaient. Ma mère en avait la certitude, à juste raison.

Je garde le souvenir d'une autre fois où mon père a proposé à ma mère de revenir sur sa décision.

Ce jour-là, nous étions, elle et moi, en visite chez une de mes tantes.

Je revois la cuisine dans laquelle nous étions, j'entends les battements de mon cœur, que l'espoir faisait accélérer. Ma mère a répondu clairement à mon père qu'il cesse d'attendre qu'elle revienne, qu'elle ne le ferait jamais.

Et moi, j'ai toujours opposé à sa certitude inébranlable mes vains espoirs.

Bien sûr, j'ai revu ma grand-mère et toute ma famille paternelle, lors de petits séjours, souvent de trois jours, lorsque j'ai fini par accompagner mon père à Aflou. Mais j'avais à chaque fois l'âme à l'envers.

Une centaine de kilomètres me séparait de mon

monde d'avant, pourtant ils équivalaient dans mon cœur d'enfant au tour complet de la terre.

J'ignorais évidemment à cette époque-là que j'allais connaître peu de temps après une séparation bien plus violente d'avec ma terre natale, mes racines, et que l'Histoire et la géographie allaient s'imposer à moi de façon terrible et irrévocable.

Mon père venait me chercher pour m'emmener à Aflou lorsqu'il effectuait des livraisons, il profitait de l'occasion. Je passais alors tout mon temps chez Mémé Nejouma.

Je mangeais chez mes grands-parents.

Je dormais chez eux.

Chaque instant, je profitais de la présence de ma grand-mère. Je la suivais partout, littéralement : quand elle allait dans la cuisine, ou dans n'importe quelle pièce, je l'accompagnais, comme un petit toutou qui ne peut pas se passer du maître qu'il adore.

J'étais agitée de sentiments complexes, contradictoires. J'étais à la fois pénétrée d'un bonheur infini, d'une joie intense, et d'une sensation de malaise, de mal-être, comme une gêne physique, un poids dans le ventre. Je savais qu'il y aurait un départ ensuite, une déchirure et je tentais de profiter au maximum des moments à Aflou tout en sachant qu'à peine commençaient-ils, le décompte s'amorçait. Mes séjours étaient comme ses sabliers que l'on retourne. Le temps égraine peu à peu ce qui inéluctablement nous attend : une fin.

Mes grands-parents maternels avaient beaucoup moins de revenus que ma famille paternelle. Mon grand-père était de surcroit très économe. Il n'était pas radin, mais avait pris l'habitude, depuis l'enfance, de faire attention. Chez eux, pas d'opulence. Ce n'était pas non plus l'indigence ou la misère, mais un équilibre qui trouve sa source dans la restriction.

Mon père pensait que ma mère ne supporterait pas le changement de situation.
Il était persuadé que la colère et le ressentiment allaient s'apaiser, et qu'elle ne pourrait pas accepter de vivre durablement dans un univers tellement différent de celui qu'elle connaissait depuis son mariage avec lui.
Pour accentuer l'effet de cette différence, il ne lui donnait depuis son départ aucun argent, il ne subvenait plus du tout à ses besoins (moi, il continuait à me gâter, me couvrir de cadeaux à chacune de ses venues).
En vain. Ma mère n'a pas cédé et n'est jamais revenue vivre avec lui.

Aujourd'hui je crois deviner d'où venait cette volonté inébranlable de ma mère. Je comprends que le modèle parental qu'elle avait eu dans son enfance, puis dans sa jeunesse avant son mariage, était celui d'un couple aimant et stable. Elle vivait certes dans un milieu très modeste, sans confort ni superflu, mais mon grand-père maternel n'avait pas d'autres femmes que ma grand-mère dans sa vie. Ou si c'était le cas, absolument personne ne le savait et sa famille proche n'avait pas à en subir les humiliations répétées.

Est-ce cette image du couple de mes grands-parents maternels, ou l'amour exclusif que ma mère portait à mon père, qui lui a fait choisir la séparation ?

Je ne sais pas, certainement un peu des deux. Mais peu importe.

Ce choix d'une fidélité inébranlable à ses valeurs a eu pour conséquence la rupture définitive entre mes parents. L'attachement de ma mère à la fidélité conjugale a provoqué l'éclatement de notre famille.

Je ne porte évidemment aucun jugement sur ses choix de femme, mais porte en moi les effets de ceux-ci.

Aujourd'hui, et depuis de nombreuses années déjà, séparations et divorces sont banalisés. Il suffit de consulter des statistiques ou d'écouter les médias : le couple est loin d'être une valeur sûre. Les divorces sont en augmentation, et ce n'est plus stigmatisant pour un enfant d'être le fils ou la fille de parents séparés, de vivre au sein d'une famille recomposée. Mais à l'époque dont je parle, et le pays dans lequel je vivais, l'Algérie, il n'était pas dans la norme qu'une femme quitte son mari. La petite fille que j'étais le savait. Cette difficulté-là venait s'ajouter à ma douleur : la sensation de ne pas être comme les autres, qu'une différence répréhensible me séparait des autres enfants.

Que dire de ces mois passés à Tiaret chez mes grands-parents ?

Ma grand-mère maternelle était tout le temps malade. Elle souffrait de la maladie de Parkinson et je n'osais pas l'approcher. Bien évidemment je ne connaissais rien de cette pathologie neurodégénérative : ni sa gravité ni ses conséquences. Il est difficile pour un enfant arraché de son univers de quiétude de s'adapter à un changement aussi fort que celui que je connaissais. Ma grand-mère passait chacun des moments de la journée assise dans la salle à manger. Si elle souffrait, jamais elle ne se plaignait. C'était une femme très digne, et je ne comprenais pas la rigidité de ses membres, les tremblements qui agitaient ses mains. Je la revois sur son fauteuil qu'elle ne quittait presque jamais, avec des coussins pour adoucir son handicap. Mon grand-père était gentil avec elle, toute la famille lui témoignait affection et gentillesse.

Mais de mon côté, je n'étais intime ni avec mon grand-père ni avec elle...

Et de toute façon, rien ne pouvait venir remplacer la richesse de ma relation avec Mémé Nejouma.

Aucun partage, aucune connivence, aucun amour ne pouvaient se substituer à ce qui nous avait unies et qui continuait de vivre en moi malgré l'éloignement.

Le vide creusé par notre séparation était comme celui d'un puits : il paraît sans fond, et si l'on s'y penche, on est saisi de vertige. D'ailleurs, on préfère ne pas trop s'en approcher et ne jamais regarder, car on sait que l'abime peut vous engloutir en un tourbillon infini.

Mais moi, sans le faire exprès, on m'avait poussée dans ce puits.

J'étais tombée et ma chute m'enfonçait dans un trou noir.

Je ne sais pas combien de temps il m'a fallu pour me remettre à sourire, puis à rire, mais je garde encore aujourd'hui cette sensation d'une chute irréversible et d'une angoisse sans nom.

Bien sûr, j'en voulais à ma mère de notre situation, je la rendais responsable de cette nouvelle vie dont je ne voulais pas.

En même temps, je pense que très vite, j'ai intégré que lui en vouloir n'affectait en rien l'amour que je lui portais.

Ma mère était une belle femme au teint clair, de taille moyenne, mais à la silhouette équilibrée, avec des cheveux mi-longs, bruns et frisés. Ses yeux marron qui pétillaient de bonheur dans mon enfance à Aflou n'ont jamais eu le même éclat ensuite.

Elle avait beaucoup de caractère, mais se montrait tout à la fois réservée du fait de l'éducation qu'elle avait reçue.

Avec moi, elle continuait à se montrer exagérément anxieuse, d'une présence pesante du fait de ses perpétuelles angoisses.

Elle avait peur que je tombe.

Peur que je me blesse.

Peur que j'attrape froid.

Peur que je n'ai pas assez mangé.

Peur de ce qu'elle considérait comme ma maigreur.

Peur de tout, pour moi.

Je pense que le fait que je sois fille unique intensifiait ses peurs de me perdre. J'ai compris aussi plus tard que ses fausses-couches répétées avaient détruit sa confiance en la force de la vie.

On dit souvent que les peurs des parents rejaillissent sur les enfants, et que l'angoisse d'une mère se projette sur l'enfant, qui devient lui-même inquiet, perturbé, ou qui le sera en tant qu'adulte. Mais ni enfant ni devenue une femme puis une grand-mère, je n'ai ressenti quelque chose de tel. Rien de l'anxiété anticipatrice de ma mère ne m'a été transmis. J'ai reçu ce grand cadeau de la vie.

Ma mère a malheureusement porté bien vite les stigmates de son bonheur perdu.

Je garde l'image d'une femme très gentille, d'une mère très maternelle, mais qui n'était plus animée de l'intérieur, comme ravagée par un tourment invisible, mais bien insinué en elle. Ma mère était très appréciée de toute sa famille, son entourage la considérait comme la plus serviable des mères, mais mon père lui manquait tant…

Du fait de la modestie du foyer de mes grands-parents et de l'absence de pension de la part de mon père, il était évident qu'il fallait qu'elle se mette à travailler pour participer aux frais du foyer. Nous pouvions rester indéfiniment hébergées par mes grands-parents, mais pas durablement entretenues par eux.

Ma mère avait certes appris le métier de retoucheuse à l'école, mais n'avait pas d'expérience puisque son mariage jeune avec un homme très aisé l'avait dispensée de chercher du travail. À Tiaret, village de petite densité, il lui était très difficile d'obtenir des travaux de couture.

De plus, malgré leur grand cœur, la maison de mes grands-parents n'était pas suffisamment spacieuse pour nous accueillir durablement dans de bonnes conditions.

Peu à peu, l'idée qu'il fallait quitter ce village est devenue une évidence.

Le seul souvenir très vivace que je garde de cette période est celui d'une épidémie de grippe qui ravageait des villages entiers. Ces épidémies étaient fréquentes à l'époque, mais celle-ci était particulièrement virulente. Tout mon entourage familial était touché et restait alité. Malgré ma maigreur, j'étais la seule à ne pas être malade. Un matin où je me rendais à l'école, j'avais trouvé les portes fermées.

Je suis rentrée chez moi, animée d'un curieux sentiment que je ne saurais définir… L'étonnement ? La joie de ne pas avoir classe ce jour-là ? La déception de devoir rentrer ? La sensation d'être invincible, plus forte que tous les autres ? La crainte que ce fléau s'abatte aussi sur moi ? Une incompréhension à être la seule préservée ? C'est curieux, je ne sais vraiment pas. Seul demeure encore ce souvenir d'un sentiment vivace.

Je ne suis restée que trois mois à Tiaret, la mort de ma grand-mère maternelle nous conduisant à changer de vie une nouvelle fois.

Je me souviens peu de la période de deuil de ma grand-mère maternelle, de la peine de ma mère, du désarroi de mon grand-père.

J'avais douze ans environ quand j'ai quitté Tiaret pour Oran, où j'allais rester deux ans.

À Oran, nous avons vécu dans un logement loué grâce à mon oncle maternel. Commissaire de police, il avait été muté dans cette ville. Nous partagions l'appartement avec mon grand-père, ma tante Renée, la sœur de ma mère, et donc mon oncle, encore célibataire à cette période. En fait, mon oncle Marc habitait déjà là lorsque nous sommes arrivés tous les quatre de Tiaret.

Je parle d'appartement, mais il s'agissait en réalité d'une petite maison sans étage.

Dans mon imaginaire enfantin, il était impossible de donner le nom de maison à une habitation qui ne disposait que d'un rez-de-chaussée. Le logement était de taille moyenne, avec trois chambres, et nous avions une cour intérieure ainsi qu'un petit jardin. La rue était composée de petites maisons identiques à la nôtre. Le quartier était très cosmopolite, avec beaucoup de Français et de Juifs. Aujourd'hui encore, le mot d'appartement me vient spontanément à l'esprit pour parler de cette habitation…

Je dormais dans un grand lit avec ma mère. C'est à cette époque que j'ai commencé à vraiment me rapprocher d'elle.

Dans ce nouvel environnement, à la fois calme et vivant, j'ai également commencé à me sentir bien à nouveau.

Renée, la sœur cadette de ma mère, était muette. Elle n'avait pas le droit de sortir seule, car du fait de son handicap, mon grand-père craignait pour sa sécurité, ou tout simplement qu'elle ne sache pas se débrouiller. C'était une jeune fille élégante, très brune, aux yeux marron foncé, au corps élancé. Je me souviens des belles tenues qu'elle portait quotidiennement. Retoucheuse comme ma mère, elle créait ses vêtements : elle en dessinait les patrons, puis découpait et cousait. Jupes, robes étaient réalisées à partir de grands tissus à carreaux bleu ciel et blanc, ou dans d'autres gammes de couleurs, mais toujours dans un duo de couleurs, comme c'était la mode à cette époque.

Habiter à Oran permit à mon grand-père de l'inscrire dans une institution spécialisée, et chaque soir, elle en revenait radieuse, heureuse d'avoir passé des moments avec des personnes qui lui ressemblaient.

Pour moi, elle ne souffrait pas d'un handicap : je ne me rendais pas compte qu'elle ne parlait pas. Ses sourires, sa vivacité, sa joie de vivre faisaient d'elle une jeune fille qui s'exprimait tout aussi bien que nous le faisions nous autres avec les mots.

Sans comprendre exactement ce que recouvrait la profession de commissaire, je savais que mon oncle Marc exerçait un métier important, et j'étais fière de lui. Il ne me parlait jamais de son travail, il veillait à ne rien exprimer qui aurait pu me choquer. Mais il parlait avec ma mère, avec mon grand-père, je les entendais parfois sans bien sûr pouvoir déceler ce qu'ils se disaient.

Il jouait pour moi le rôle de père. Je le craignais un peu, comme la plupart des enfants de ma génération craignaient la figure d'autorité parentale – paternelle surtout.

Je le craignais, mais je l'aimais profondément.

Je travaillais bien à l'école. C'est lui qui m'a appris à me concentrer et à réfléchir. Il occupait une petite chambre avec un bureau et il me prêtait la pièce pour que je puisse réviser et apprendre tranquillement.

Il me parlait avec beaucoup de sérieux, comme si j'étais une grande. Il expliquait et n'ordonnait pas. J'éprouvais beaucoup de respect pour l'homme qu'il était, son savoir conjugué à sa gentillesse.

Autant je ne garde, comme je le disais, aucun souvenir de ce trimestre passé à Tiaret après mon départ d'Aflou, autant je reste traversée aujourd'hui encore par des images de moments vécus à cette période de ma vie à Oran. Des flashs, des morceaux de quotidien, des bouts d'émotions joyeuses… ou moins ! Ainsi, je me rappelle très bien que, lorsque j'avais désobéi, ma mère prenait le balai pour me courir après. Mais jamais elle ne me frappait, en réalité.

Un souvenir m'amuse particulièrement ! Je commençais à être parfois invitée dans des booms, et elle ne voulait pas que j'y aille. Alors, je lui cachais que je m'y rendais. Peu m'importait son interdiction, je voulais m'amuser ! Mais la voisine, qui savait tout des agissements de chaque personne du quartier, enfants comme adultes, lui révélait systématiquement lorsque je m'y étais rendue malgré tout. Mon secret était bien vite découvert… et ma mère se rendait alors sur les lieux pour venir me chercher et m'obliger à rentrer. Fâchée, elle criait. Je la suppliais de ne pas me frapper devant mes amies, je lui disais d'attendre d'être rentrée. Arrivée à la maison, j'allais m'enfermer à toute vitesse dans le bureau de mon oncle, elle me courait après, mais jamais ne m'attrapait !

On aurait pu penser que plus je grandissais, plus ses angoisses au sujet de ma santé diminuaient, mais non… Elle avait tout le temps peur que je ne mange pas assez et que je maigrisse. Il faut dire qu'à cette époque, ce qui m'avait beaucoup pesé dans mon enfance a commencé à être moins difficile pour moi, car souvent, elle finissait par lever une punition, de crainte que cela ait des répercussions sur mon repas. Elle se disait que si j'arrivais fâchée, triste ou mécontente, j'aurais l'appétit coupé. Éviter ce danger lui paraissait bien plus important que maintenir une réprimande et affronter des séquelles sur mon poids !

La norme de l'époque et de ma culture était de ne pas être maigre et surtout d'avoir des formes. Elle-même était plutôt mince et elle m'aurait voulu potelée : dès ma venue au monde, elle a regretté que je ne sois pas un bébé superbement enrobé ! Comme je l'ai déjà mentionné, j'ai compris bien des années après que, du fait des nombreuses fausses-couches qu'elle avait eues, elle restait traumatisée et attachait une importance énorme à la santé, et ce qu'elle en pensait les signes : des kilos bien visibles ! Que je sois victime d'une éventuelle perte de poids était sa hantise.

Avant de devenir la ville qu'il nous faut quitter, nous, les Algériens français, Oran a été pour ma famille et moi, durant deux belles années, la ville des petits bonheurs.

CHAPITRE 4

Parmi les hommes, le plus faible est celui qui ne sait pas garder un secret. Le plus fort, celui qui maîtrise sa colère, le plus patient, celui qui cache sa pauvreté, le plus riche, celui qui se contente de la part que Dieu lui a faite.

Proverbe algérien

C'est à Oran que j'ai peu à peu, comme je l'ai précédemment mentionné, retrouvé un équilibre affectif. Je me sentais plus proche de ma mère. Mon oncle Marc remplaçait en quelque sorte mon père. J'avais beaucoup plus d'amies qu'à Aflou, sans parler de Tiaret ! Je ne ressentais plus cette sensation de perte brûlante, cette douleur qui vous prend non pas à la gorge, mais dans le ventre, l'endroit du corps où tout est descendu, enfoui, tassé.

Et à Oran… il y avait la mer !
C'était la première fois de ma vie que je la voyais. Enfin, c'est ce qu'il me semble. Et là, chaque jour, je pouvais la contempler.

Comment décrire ce qui finit par faire partie intégrante de votre existence…

La mer est une entité qui peut se raconter de mille et une manières, qui peut se décrire de mille et une couleurs.

Alors imaginez, comment parvenir à narrer et à donner corps à l'émerveillement sans cesse renouvelé d'une préadolescente vivant au bord d'une mer dotée d'un soleil à la présence indéfectible !

Naître dans un pays au climat chaud fait de vous, évidemment, une personne habituée à la brûlure du soleil, à cette sensation, parfois, de picotement sur votre peau. Mais ce n'est pas parce qu'on est habitué à la forte chaleur qu'on n'éprouve pas le besoin de fraîcheur.

Que j'ai aimé cette période de ma vie où la mer m'a permis tout à la fois de me rafraîchir, de me dépenser, de partager des moments heureux avec des amies ou ma famille !

Voir la mer déferler sur la plage et caresser le sable fin, entendre le bruissement, sourd ou fort, des vagues, courir se jeter dans l'eau : ce sont des tranches de vie qui font de vous un être heureux, apaisé.

L'immensité bleue de la mer, cette ligne d'horizon qui se confond parfois avec le ciel et cette boule jaune aux formes évolutives qu'est le soleil vous initient plus que n'importe quelle expérience à la grandeur et à l'infini, à l'intemporel et au magnifique.

La mer apporte le bonheur. Voilà, tout est dit.

Oran m'a ainsi narré une histoire que je ne connaissais pas : celle des plages et de ses joies, celle des vagues et de leur mystérieux pouvoir à vous procurer un bien-être et un savoir-être.

Oran est aussi la ville où j'ai découvert le sens du mot « ville », moi qui venais de Tiaret, de cette campagne que je n'aimais pas. Moi qui avant n'avais de toute façon connu que la petite ville d'Aflou.

À Oran, ma mère avait pu reprendre son activité de retoucheuse. Elle avait acheté une machine à coudre et les gens venaient à la maison pour lui confier des travaux. Des épouses, des mères de famille lui donnaient les ourlets des bas de pantalon, les accrocs à réparer. Parfois, elles lui demandaient même de confectionner des vêtements.

Exactement comme ma tante Renée, elle en fabriquait de nombreux pour moi. Et toutes ces affaires qu'elle me cousait faisaient de moi une fille comme les autres : je n'avais pas à leur envier leurs vêtements…

Il m'arrivait de passer devant des magasins, contempler de belles vitrines, mais nous n'avions pas d'argent pour acheter ces choses magnifiques qui me faisaient envie. J'avais appris la privation, la frustration, et ce n'était plus un problème pour moi. Grâce à ma mère et à ma tante Renée, je ne me sentais pas différente de ces fillettes et jeunes filles qui, elles, portaient des tenues chères que leurs parents avaient pu payer.

À douze, treize ans, j'étais pleine de vie, à attraper tout le temps des fous rires, heureuse de vivre, tellement contente d'avoir quitté Tiaret !

Ma tante Renée sortait parfois dans des bals, et ma mère et moi devions l'accompagner pour la chaperonner. Nous écoutions de la musique, nous dansions, je découvrais un monde nouveau. Quelles sensations de plaisir m'ont apportées ces moments !

Je découvrais un monde inconnu, qui à certains égards ressemblait aux fêtes que j'avais connues dans mon enfance, mais où là, les gens se retrouvaient sans se connaître tous, et où, justement, ce n'étaient pas des liens familiaux qui réunissaient, mais l'envie de partager un agréable moment.

C'est dans un de ces bals que ma tante Renée, d'ailleurs, a rencontré celui qui allait devenir son époux, un jeune homme qui partageait la même école qu'elle.

Mais Oran, évidemment, comment l'oublier, est aussi et avant tout la période de ma vie où tout a radicalement changé, non pas seulement cette fois à l'échelle du microcosme que représentait ma famille, mais à celle, bien plus vaste, des pieds-noirs…

La grande Histoire – celle de l'Algérie et de sa guerre pour l'indépendance – est entrée dans mon existence, comme pour la plupart des pieds-noirs, à travers, tout d'abord, de petites histoires du quotidien.

Ma famille ne me parlait de rien, mais je me rendais compte que quelque chose n'allait pas, d'un malaise grandissant. Les conflits commençaient à se faire sentir, je voyais davantage de misère dans les rues. Ma mère devenait encore plus inquiète, me disait des phrases comme « ça va mal en ce moment », mais sans m'en révéler davantage.

J'entendais des rumeurs, mais je ne voyais pas ce qui se passait.

Je pense que j'ai compris que quelque chose de grave était en train d'arriver en entendant mon oncle commencer à parler de départ de l'Algérie. Il parlait de guerre et d'indépendance.

La violence, les morts, on n'en parlait pas à l'adolescente que je commençais à être.
Je ne veux surtout pas entrer dans les souvenirs de cette période et me remémorer la violence.

Un traumatisme a ceci de particulier que nous le savons présent, mais nous préférons le laisser enfoui au plus profond de nous et ne pas nous le rappeler.

Le silence, ce silence-là, ne signifie pas que l'on oublie, mais seulement que l'on choisit de ne pas raconter.

Tant de romans et témoignages ont été publiés sur cette période, tant de récits circulent encore aujourd'hui sur Internet, rendant si bien compte de ce que fut cette époque… Personnellement, je n'ai pas assisté à des massacres ou vu des personnes se faire tuer ou se faire frapper. Mais ce passé, ce pan d'Histoire de l'Algérie, fait partie intégrante de mon histoire.

Et comme tant d'autres enfants et adolescents de mon âge, malgré ce climat de conflits, je m'amusais.

C'est à cette période que j'ai rencontré celle qui allait devenir ma meilleure amie et que je continue de voir aujourd'hui : Éliane, âgée de trois ans de plus que moi.

Je l'ai connue dans mon quartier, elle habitait en face de chez moi.

Parfois, lorsqu'il y avait le coupe-feu, je me rendais chez elle, et il m'arrivait aussi de dormir à son domicile. Nos maisons, comme toutes celles du quartier, se ressemblaient, de l'extérieur et dans l'agencement. C'était amusant pour moi, au début, de pénétrer dans un intérieur qui me faisait penser au mien, mais qui différait malgré tout !

J'adorais rester chez elle. Ses deux frères étaient très souvent à la maison, ainsi que sa sœur aînée.

Moi qui étais fille unique, j'aimais beaucoup les moments que nous partagions ensemble, dans sa famille qui m'accueillait très chaleureusement.

Ma mère connaissait bien la mère d'Éliane, sans être des amies, elles étaient devenues proches. Il faut dire que dans notre culture, nous étions facilement amis les uns avec les autres : il était naturel de s'entraider, de se recevoir, de s'inviter à déjeuner ou à dîner. Le père d'Éliane était bijoutier, il travaillait chez un joaillier en tant qu'employé. La mère d'Éliane ne travaillait pas.

Ce n'était pas une famille aisée, mais ouverte, généreuse. Éliane et moi sortions très souvent ensemble. Ma mère avait confiance en elle, et me laissait donc aller à la plage, me promener à ses côtés en bord de mer, ou faire les magasins en sa compagnie.

C'est également à cette époque que j'ai connu mes premiers émois amoureux.

Ma découverte de l'amour a été aussi, malheureusement, une douloureuse confrontation avec mon statut… Les conventions, les coutumes et la culture ont parfois des côtés tellement injustes.

Je me rendais fréquemment chez ma cousine Marie-Claire, que j'aimais beaucoup. Sa mère, Julie, était mariée au demi-frère de mon père. La famille habitait également dans Oran. Ils étaient aisés et vivaient, eux, dans un grand appartement situé dans un quartier assez éloigné du nôtre.

Un cousin par alliance, Paul, venait régulièrement leur rendre visite.

La première fois où je l'ai vu, j'ai ressenti un grand apaisement, un bien-être intérieur. Je ne savais pas quel nom mettre sur ces sentiments qui m'agitaient.

Je me sentais bien. Nous nous retrouvions au moment du Shabbat chez ma tante, chaque vendredi. Ma mère, qui au moment de la séparation avait refusé de continuer à fréquenter la famille de mon père, ne venait pas. Mais jamais elle ne m'a empêchée de rester proche de ma famille paternelle.

Le samedi, je me promenais avec Paul dans Oran. Âgé de seize ans environ, de taille moyenne, il était très mignon, gentil, brun aux yeux verts. Très drôle, il adorait plaisanter et je me sentais bien à ses côtés. Nous riions beaucoup. Lui aussi était amoureux de moi.

Mais ma tante et mon oncle ne voulaient pas qu'il me fréquente… car j'étais fille de divorcée. Alors, brusquement, nous avons dû cesser de nous voir, il m'a quittée.

Je n'ai jamais su s'il ignorait que ma mère avait abandonné mon père lorsque nous nous sommes rencontrés, quelle est la part jouée par ma tante et quelle est la sienne dans notre séparation.

Mais peu importe.

C'est à ce moment que j'ai véritablement découvert cette effroyable stigmatisation, que j'ai compris dans mon corps le sens de ce mot, et intégré que malgré les apparences, je n'étais pas comme tout le monde. Bien sûr, je l'avais déjà pressenti avant, mais pas encore expérimenté. Le vivre à ce moment de ma vie a été une blessure terrible. J'ai eu beaucoup de mal à comprendre, à accepter, l'injustice de ce rejet. En quoi une fille de divorcée n'était-elle pas fréquentable, alors même que mon oncle et ma tante m'accueillaient chez eux ! Ils me recevaient, mais me considéraient en réalité comme non fréquentable !

Quelle douleur pour la jeune fille que je commençais à être !

Je me suis à nouveau renfermée, et j'ai alors cessé d'aller chez ma tante.

Peu à peu, blessure d'amour et blessure de la stigmatisation se sont heureusement refermées et je suis passée à autre chose. Ma joie de vivre est revenue.

Mais bien sûr, durant ces années, mon père continuait à me manquer, ainsi que ma grand-mère, et c'est la seule chose qui me rendait réellement triste durablement.

Je voyais très peu Mémé Nejouma depuis mon arrivée à Oran. Elle ne venait jamais me voir dans cette ville. Les relations avec ma mère étaient très tendues et de toute façon, ma mère ne voulait pas la voir, et encore moins la recevoir chez elle.

Mon père, lui, nous rendait régulièrement visite.

Comme à Tiaret, il venait aussi parfois me chercher et me ramenait ensuite le lendemain, ou quelques jours après lorsqu'il y avait des vacances. Comme je l'ai déjà évoqué, les moments passés là-bas, même heureux, n'ont jamais eu la même saveur que ceux de mon enfance.

Mon père portait à chacune de ses venues ce même type de costume gris clair que je lui avais toujours connu. Lorsque je le voyais s'avancer vers moi, sa silhouette élancée et sa beauté me réconfortaient à chaque fois. J'étais si contente de le voir…

À cette époque, j'ai véritablement acquis le fait de m'adapter à tout.

Je ne sentais pas le manque de moyens qui était pourtant important dans notre famille. Je me souviens que j'aimais fréquenter les gens qui avaient beaucoup d'argent. On pourrait penser que c'était par intérêt, que j'étais superficielle, mais je sais que je ne l'étais pas. Il est parfois difficile d'expliquer ce qui nous anime, pourquoi nous avons des préférences. Je suppose qu'avoir des amies aisées me rappelait mon existence passée, ce faste perdu. Côtoyer des adolescentes ayant un excellent niveau de vie me permettait de vivre à travers elles de bons moments qui me replongeaient dans mes belles années à Aflou.

Un fait, d'ailleurs, m'a beaucoup frappée. Un épisode certes très banal en apparence, mais qui me replongeait tout particulièrement dans ces années de bonheur à Aflou...

Une fille très riche, parmi mes nombreuses amies, voulait fréquemment me donner de l'argent, sentant fort probablement que nous en manquions dans ma famille. Cela me ramenait à mon enfance à Aflou, ce temps béni où c'était moi qui tentais d'aider des enfants que je sentais pauvres, en leur achetant des objets dont je n'avais pas besoin, comme je l'ai déjà raconté...

Curieusement, je n'enviais pas mes amies riches, ou bien plus aisées que moi, car je me souvenais de cette époque d'opulence que j'avais vécue, et cela me suffisait. Je savais que tout ce bonheur passé avait contribué à faire de moi l'adolescente que je devenais. Que c'était un trésor inestimable, et que le plus important est de rester nourri par ce qui nous a été donné par la vie. Moi, j'avais eu la chance de grandir non seulement auprès de mes parents, comme la plupart des enfants, mais surtout auprès de l'unique, l'irremplaçable Mémé Nejouma... Quel plus grand trésor la vie aurait-elle pu m'apporter ?! L'argent se dépense, permet d'acquérir bien souvent des biens futiles, il passe de mains en mains et au final, qu'en retenons-nous ?

L'amour qui nous a donné des racines, qui nous a ancré dans l'équilibre affectif, vaut tout l'argent du monde !

Le fait d'avoir beaucoup d'amies était important pour moi, comme pour la plupart des enfants et jeunes adolescentes. Je me sentais bien à être ainsi entourée. L'amitié acquiert une place essentielle quand nous grandissons : sans se substituer aux liens familiaux, elle les complète, car notre univers affectif se décentre. Quoi de mieux que des amies pour partager petites et grandes confidences, sourires et rires, mais aussi chagrins passagers du quotidien ! Nous partagions de nombreux plaisirs. Et puis vivre dans une grande ville m'enrichissait, moi, curieuse de tout, aimant croquer la vie à pleines dents.

Je me souviens des promenades sur le grand boulevard en front de mer, la vue panoramique sur le port. Mon amie Éliane et moi piquions inlassablement des fous rires. Elle, plus âgée que moi, avait un petit ami, Freddy, que j'aimais beaucoup. Il était sympathique, amusant. Elle lui donnait rendez-vous sur le port et je l'accompagnais. Notre trio passait d'excellents moments. Lui nous offrait des pots, nous buvions des cocas, comme tous les jeunes de l'époque, nous nous baignions, nous déambulions dans les rues très animées d'Oran.

Bien évidemment, ma famille avait, elle, une conscience aigüe du climat social, des conflits et de leur évolution. L'explosion progressive de violence, les assassinats, les lynchages, les incendies allumés pour détruire personnes et emplacements, les bombes artisanales… Je n'ai eu connaissance que bien plus tard de l'étendue de ce règne de la peur et de la haine. Je ne saurais dire si je préférais, à l'époque, ne pas voir, ne pas me poser de questions dans une sorte de politique adolescente de l'autruche, ou si réellement certaines toutes jeunes filles comme moi ont été préservées au point de ne pas prendre conscience de l'évolution géopolitique, ou plus exactement des monstruosités qui agitaient ma ville, et même le pays tout entier. Jamais nous n'en parlions avec Éliane.

Mon grand-père maternel a vite compris qu'il était nécessaire d'investir en France et d'anticiper un départ qu'il sentait, avec mon oncle, devenir de plus en plus nécessaire.

Quand le moment fut venu, quand il fut évident pour ma famille qu'il fallait partir, mon grand-père a organisé notre départ.

Celui-ci s'est effectué en plusieurs vagues.

En effet, ma mère ne voulait pas partir précipitamment, elle préférait rester encore un peu à Oran pour soutenir mon oncle qui connaissait de grandes difficultés en tant que commissaire de police. Il était également prévu qu'elle reste pour continuer à gérer les affaires familiales.

Il fut donc décidé que je partirais avec mon grand-père et ma tante Renée, que ma mère nous rejoindrait peu de temps après. Je ne savais pas ce que « peu de temps » signifiait. J'avais l'impression d'un nouvel abandon en perspective, une solitude non voulue.

J'ai donc quitté, moi l'Oranaise heureuse, cette ville que j'aimais pour rejoindre Marseille…

Le jour du départ, sur le quai, mon père et ma mère ne se parlaient pas, mais ils étaient là tous deux. Je ne réalisais pas vraiment ce qui m'arrivait. Partir avec ce grand-père âgé et dont je n'étais pas véritablement proche, ma tante Renée qui ne parlait pas, c'était très très dur. Horrible. Mon univers s'effondrait à nouveau. J'étais désemparée à l'idée de tout quitter, et surtout de devoir à nouveau expérimenter le fait d'être séparée de ceux que j'aimais. Le manque affectif me guettait à nouveau, en plus de la perte de mes repères.

Plusieurs membres de ma famille paternelle embarquaient également : mon oncle David, ma tante, mes cousins et ma cousine Marie-Claire. Mais ils ne représentaient pas ma véritable cellule familiale, celle qui vous rassure, vous protège, celle qui vous fait vous sentir sinon invincible du moins en sécurité.

Mon père me dit : « tu pars pour l'étranger,

pour un pays très différent de l'Algérie, mais avec le temps tu t'y habitueras et si je reste ici, tu viendras me voir à Oran. »

J'étais tout simplement terrifiée…

Chapitre 5

J'ai grandi dans la mer et la pauvreté m'a été fastueuse, puis j'ai perdu la mer, tous les luxes alors m'ont paru gris, la misère intolérable. Depuis, j'attends. J'attends les navires du retour, la maison des eaux, le jour limpide.

Albert Camus, L'été

La traversée fut, pour moi comme pour la plupart des passagers, synonyme de désarroi et d'angoisse.

Cette mer source de bonheurs légers et si familière à Oran, avec ses belles plages de sable fin, ses vagues légères dans lesquelles il était si bon de se jeter, cette mer qui m'avait fait connaître de vifs et délicieux moments de gaieté, se métamorphosait soudain en un lieu de peur, d'incertitudes et de mouvances infinies.

Je ne sentais plus les bienfaits du soleil qui habituellement gorgeait les orangers de saveur et caressait nos peaux mates, non, je ressentais tout à la fois une impression de chaleur étouffante et de froid terrible.

Je n'oublierai jamais le moment de l'embarquement et les heures d'attente qui ont précédé le départ, l'entassement sur le port, puis sur les quais et les ponts du bateau ; cette foule tantôt mouvante, tantôt immobile, mais toujours compacte.

Tant et tant de familles, en pleurs ou la mâchoire crispée en un rictus douloureux !
Tous ces regards hagards ou désespérés, avec un même abattement sans nom !
Tous ces visages mouillés de pleurs que là, au moment du départ on ne parvenait plus à réprimer !
Tous ces yeux rougis par des sanglots antérieurs qui avaient secoué les hommes les plus forts quand il avait fallu se rendre à l'évidence, et prendre la décision d'abandonner sa ville, sa maison, les siens, son pays…
Et toutes ces femmes, à terre, sous la proie d'une crise de nerfs !
Toutes ces valises tenues à deux mains, ces paquets énormes contre lesquels les gens s'appuyaient ! Chacun gardait fermement tout ce qui lui restait, ou plus exactement le peu qui avait pu être emporté, comparativement aux habitations pleines de vie qu'il avait fallu quitter…
Les bagages étaient à l'image des migrants réunis sur le bateau. À terre, entassés, tous là en partance pour une expatriation sans retour,

semblables et pourtant différents : des baluchons de fortune réalisés à la hâte, côtoyant des caisses massives au contenu bien rangé parce qu'anticipé. Oui, pas encore réfugiés, juste en partance.

Le son qui marqua le départ résonne encore en moi : la violence de la sirène, l'amarre dont les gens disent que ça y est, elle est larguée, et le bateau qui, doucement mais inéluctablement, se détache du quai…

Je vois encore tous ces bras que l'on agite en direction de ceux qui sont restés sur le port, les gesticulations de tous ces corps, hommes, femmes, enfants, vieillards, pour tenter d'être vus des membres de la famille ou des amis qui eux, restent encore en Algérie ; les cris que l'on pousse, pour un dernier au revoir dans des paroles incompréhensibles, ou simplement parce qu'il faut que la souffrance sorte au moment où l'exode commence.

Ma terre natale qui disparaît peu à peu sous mes yeux, un nouvel arrachement en train de se vivre…

Embarquer pour fuir, embarquer parce que l'indépendance se faisait dans la guerre et la douleur, embarquer pour une durée indéterminée en mer, tout cela générait des tourments dont chacun sur ce bateau a porté les stigmates durant toute la traversée.

Nous étions tous animés d'un terrible sentiment d'impuissance : les enfants à vivre une expérience dont ils sentaient bien qu'elle était subie par leurs parents ; les jeunes et moins jeunes à se retrouver là, à quitter leur terre, leurs attaches, sans comprendre véritablement pourquoi, à se demander, parfois, si cette décision était la bonne.

Nous étions tous tellement apeurés, ne sachant pas ce que nous allions trouver, c'était horrible.

Un événement tragique que nous ne pouvions contourner, qu'il nous fallait accepter. Mais comment accepter le douloureux, l'inacceptable, l'impensable ?

Durant toute la traversée, les passagers sont restés désemparés, rien ne pouvant apaiser leurs craintes.

Partout où je posais les yeux, c'était les mêmes regards inquiets, voire traumatisés, la même sensation d'un paradis perdu pour des horizons inconnus, dangereux. La certitude que plus rien ne sera jamais comme avant, et que l'on ne peut rien y faire.

Nous nous regardions comme si le ciel était tombé sur nos têtes…

Personne n'osait parler. Il ne pouvait pas y avoir de communication, car les gens étaient tellement tristes, dans le désarroi d'avoir quitté leur famille, leur maison… La parole était asséchée, à l'inverse de cette mer qui nous entourait et venait nous rappeler combien nous avions connu un avant où nous étions heureux.

Oui, nous étions tous appauvris par ce drame, au sens propre comme au figuré.

Je me souviens de regards échangés durant la traversée avec des jeunes filles que je connaissais du lycée d'Oran. Comme les adultes, nous nous regardions les larmes aux yeux, mais nous non plus n'avions même pas envie de nous parler. Nous restions prostrées, comme si toute parole était inutile : nos regards parlaient pour nous.

Nous ne sentions ni le froid ni la chaleur, entassés comme un troupeau, parqués comme du bétail. En fait, je ne saurais dire si j'étais assise, si j'étais debout…

Mes souvenirs, ce sont ceux de la masse constituée par nous tous, une masse qui regardait la mer. Comme si cette mer allait nous donner ou nous prendre quelque chose… Sans que l'on puisse le moins du monde en savoir plus, deviner ce qui se cachait sous les flots, sous le soleil.

Il y avait l'incertitude de l'avenir, mais surtout le sentiment de Perte, avec un « p » majuscule, celui de « peine », celui de « passé », de « pitoyable », de « patrie perdue »…

Je partageais une petite cabine avec ma cousine Marie-Claire, qui avait le même âge que moi, mais de qui je n'étais pas proche.

Et surtout, je la jalousais, car elle, elle était avec ses parents, et eux, ils étaient riches. Involontairement, elle me renvoyait tout ce que je n'avais plus, tout ce que j'avais perdu.

Tout comme pour ce trimestre passé à Tiaret, je ne garde pas de souvenirs de la traversée, seulement ces sensations.

La mer était agitée comme mes sentiments. Houleuse. Déchaînée. Mais, également, parfois calme en apparence, sans rien donner à voir de ce qui se cache sous les flots…

La mer avait été durant toutes mes années passées à Oran d'un bleu ciel, d'un bleu de bonne humeur qui ouvre sur un horizon de gaieté et de bonheurs au pluriel.

Elle prenait maintenant des teintes profondes, inconnues, de bleu nuit, foncé comme le tourment. Oui, je le redis, encore et encore, elle était agitée, violente, terrifiante par moments, houleuse comme mon cœur.

Elle devenait omniprésente et pesante, elle avait perdu ce côté pur et symboliquement désaltérant, pour m'étreindre de ses bras mouvants et dangereux.

Ses vagues ni ne m'accueillaient ni ne me berçaient, mais me projetaient violemment contre des parois inconnues.

Le bleu de la mer, c'était un bleu pluriel, un

bleu figuré également, car c'était celui des coups qui nous étaient donnés, par le ressac, par la douleur de devoir tout quitter.

Sur le pont, assis sur des bancs, de nombreux passagers et passagères étaient malades, le bateau bougeait beaucoup. Avant de monter à bord, je ne savais pas que cela existait : le mal de mer.
Le mal de ma mère, aussi.
Le mal de mon père.
Le mal de tant de choses, en fait.
Nous ne restions pas dans les cabines, surpeuplées et qui renforçaient la sensation de roulis. De toute façon, tout bougeait trop. Nos sentiments, nos affaires, nos corps, notre vie !
Nous étions durant cette traversée une communauté de pieds-noirs, qui ne connaissait pas encore son nom, mais qui expérimentait déjà la douleur du déracinement.

La mer, c'était à la fois celle que j'avais aimée et celle qui me renvoyait à mon impuissance.
J'étais triste. Très triste. Je n'avais ni mon père ni ma mère à qui me raccrocher.
J'expérimentais une solitude angoissante parmi une foule angoissée.
Dans mon souvenir, la traversée n'en finissait pas de ne pas finir…
Et puis, soudain, un matin, le bruit de la sirène,

un fort retentissement comme pour le départ, mais là c'était enfin la fin de la traversée, l'arrivée au port de Marseille !

Je me souviens parfaitement de ce moment.

Il faisait jour, et ma première vision du port fut, malgré mes nombreuses inquiétudes, un peu magique.

Tous ces bateaux déjà à quai me paraissaient majestueux. Et puis, l'idée d'enfin se retrouver sur la terre ferme était rassurante. La vie animée sur le port, ce monde urbain que l'on apercevait au loin, tout cela m'apaisait…

Autour de moi, des gens sanglotaient, les mêmes pleurs que ceux versés lors de l'embarquement rendant les visages encore plus saisissants d'émotion que durant la traversée. Je comprenais très bien ce qu'ils ressentaient : ils avaient dû tout quitter, ils ne savaient pas ce qu'ils allaient vivre, et pour la plupart ils n'avaient nul lieu et nulle famille qui les attendaient.

Bien que partageant ces craintes, arriver à Marseille était pour moi avant tout un soulagement. Car après le dur moment de l'embarquement, la difficile traversée avec la promiscuité et la douleur du déracinement, quitter le bateau était un commencement. Oui, comme je le disais : un apaisement.

Mais quelle cohue ensuite !

Nous étions si nombreux sur les ponts du bateau à vouloir descendre !

Toutes ces personnes, affolées, ne sachant pas pour la plupart ce qui allait leur arriver !

En fait, les passagers voulaient tous être les premiers à débarquer car ils espéraient ainsi avoir l'assurance d'être logés. Ils craignaient qu'il n'y ait pas assez de familles d'accueil et se précipitaient sur la passerelle. Après l'abattement de la traversée, la peur et l'insécurité les animaient d'une force inquiétante qui les faisait se précipiter en masse, bousculer, heurter, les yeux un peu hagards.

Mon grand-père m'avait expliqué durant la traversée comment cela allait se passer à l'arrivée du bateau à Marseille. Des membres de la Croix Rouge, des bénévoles, seraient là pour prendre en charge les personnes qui en débarquant n'auraient pas de logement où aller, ne serait-ce que provisoirement. Ces personnes de la Croix Rouge prendraient nos noms et nous affecteraient dans des familles qui acceptaient d'héberger les gens comme nous.

Nous, les réfugiés.

Heureusement, une grande solidarité s'était développée et des solutions étaient proposées : centres d'hébergement, familles acceptant d'accueillir des personnes à leur domicile le temps qu'un logement soit affecté par la préfecture.

Mais mon grand-père m'avait prévenue : ces

accueils étaient prévus en général pour deux ou trois personnes, rarement plus. Or, notre situation était ambiguë. Ma mère devait nous rejoindre avec le reste de la famille, il ne fallait surtout pas accepter un hébergement qui impliquerait ensuite d'être séparés, nous devions à tout prix essayer d'obtenir un accueil pour sept personnes.

Et moi, il était de toute façon prévu que j'aille provisoirement habiter chez mon oncle paternel, David. Mon père avait refusé l'idée que je reste avec mon grand-père et ma tante Renée sans savoir où nous serions hébergés, et surtout sans la présence de ma mère pour veiller sur moi. Il était convenu que lorsqu'elle arriverait à son tour à Marseille, et aurait rejoint mon grand-père dans un logement qui pourrait tous nous accueillir, elle viendrait alors me chercher.

Pour mon oncle David, tout avait pu être programmé : la famille se rendrait directement à Toulouse où un appartement les attendait. Compte tenu de leurs moyens, ils avaient pu anticiper leur arrivée. Ils avaient investi et acheté hôtel, restaurant et appartement dans cette ville où ils avaient décidé de refaire leur vie.

Refaire sa vie…

Oui, c'est exactement le terme qui convient dans cette situation d'expatriés. Comme l'on refait son lit, comme l'on refait des courses, il nous fallait refaire notre vie, mais sans plus de repères cette fois, sans l'ancrage qui avait été le nôtre depuis notre naissance. Un quotidien bouleversé, mais qui conserverait pourtant toujours, au fond, cette même essence… Car finalement, les jours et les nuits allaient continuer à se succéder, de la même façon qu'à Oran. Certes, ils allaient être totalement différents, certes, il allait falloir apprendre à les habiter différemment, mais ils continueraient de former un tout : le temps qui passe, et avec lui, nous qui grandissons, qui murissons, qui vieillissons…

Refaire sa vie, en tricoter chaque jour de nouvelles mailles. Oui, reconstruire sa vie.

Nous avions tous été amenés à quitter l'Algérie pour la même cause. Notre périple n'avait pas commencé avec dans la tête le rêve d'un avenir meilleur, mais une sourde peur au ventre.

Le temps était venu, tout comme avaient stoppé les roulis du bateau, de poser nos valises, de nous poser.

La fin d'un mouvement insécurisant pour entrer dans une vie nouvelle…

Et ce jour-là, celui de mon arrivée à Marseille, dans cette ville où un nouveau départ m'attendait, une valise à la main, au milieu d'une foule compacte, j'étais agitée de sentiments très complexes.

Tous ceux qui comme nous ne savaient pas où aller se sont rendus dans une grande salle et là, des feuilles à la main, des femmes de la Croix Rouge appelaient. Le regard concentré sur la liste qu'elles avaient sous les yeux, elles criaient des noms, des familles se levaient, et quelqu'un venait à leur rencontre. Bien sûr, je savais que j'allais être en sécurité chez mon oncle David, mais nous attendions de savoir comment cela allait se passer pour mon grand-père et ma tante Renée.

Exactement comme mon grand-père l'avait pressenti, personne ne voulait accueillir l'ensemble des membres de ma famille maternelle. Nous étions trop nombreux, le regroupement familial semblait impossible.

Mais exactement comme il avait dit qu'il ferait, mon grand-père maintenait, gentiment, mais fermement, sa demande : sa fille allait le rejoindre bientôt avec d'autres membres de la famille, n'existait-il pas une possibilité de les loger tous ensemble ?

Les centres d'hébergement de Marseille étaient complets.

La Croix Rouge lui proposa alors une autre solution. Des mormons, à Montpellier, acceptaient le regroupement de familles. C'était en fait la seule communauté dans ce cas.

Quel soulagement pour nous tous !

Mon séjour chez mon oncle David, à Toulouse, a duré trois mois.

Je ne garde pas de souvenir particulier de mon arrivée dans cette ville et de mon passage chez eux. Le train que nous avons certainement dû prendre, ou la voiture qui nous a emmenés, ce que nous avons mangé ou bu, le temps qu'il faisait. La porte, qui s'est ouverte, sur un nouveau logement.

Mon oncle et ma tante habitaient dans un grand appartement et je partageais ma chambre avec ma cousine Marie-Claire. Quelle différence avec la cabine !

Sans être particulièrement proche d'eux, je me sentais bien, et nous nous entendions bien.

Découvrir la ville de Toulouse m'a procuré beaucoup de joie. Nous sortions beaucoup, car du fait de la présence de mes cousins, j'avais beaucoup de liberté. Et je retrouvais donc le plaisir des promenades, des découvertes, des éclats de rire partagés. Peu à peu l'angoisse me quittait. Je m'adaptais à cette nouvelle vie.

Mon oncle possédait une voiture et chaque week-end, nous allions à Narbonne nous baigner. Ah, cette reconnexion avec le bord de mer et des sensations qui m'étaient si familières. Que j'aimais ces moments ! Nous adorions tous les jeux de plage, les sauts dans la mer, les éclaboussures salées, le sable chaud. Nous avions un peu l'impression d'être à Oran...

Lorsque j'appris que ma mère allait à son tour quitter Oran et nous rejoindre avec toute sa famille, à savoir ses deux sœurs et mon oncle Marc, je fus bien sûr soulagée. Enfin, j'allais la retrouver et cesser de m'inquiéter pour sa sécurité.

Mais en même temps, j'étais réticente à l'idée d'abandonner Toulouse, cette ville que je commençais à bien aimer.

En fait, je n'avais absolument pas envie de partir de chez mon oncle, où mes conditions de vie étaient très agréables, très confortables.

En plus, mon père venait tout juste d'arriver à Toulouse où il avait choisi de s'installer pour retrouver son frère. Il avait lui aussi quitté l'Algérie et acheté une société d'ambulances à Toulouse. Je savourais nos retrouvailles et je ne voulais pas être séparée de lui…

Il était là depuis trois jours seulement lorsque ma mère vint me chercher.

Juste au moment où je commençais à m'habituer à une nouvelle vie, il me fallait une fois encore la troquer contre une autre, sans que j'aie mon mot à dire.

À nouveau une cassure.

Changer de ville, d'univers, de famille : je revivais le même déchirement que dans mon enfance. J'avais ainsi un étrange et désagréable sentiment de répétition, l'impression que la rupture s'incrustait dans ma vie comme un pou sur une tête.

Et, le plus difficile à accepter, j'avais l'impression que j'étais condamnée dans ma vie non pas à m'adapter, mais à devoir tout abandonner une fois justement que je m'étais adaptée....

Chapitre 6

Nous avons à vivre non point dans un monde nouveau dont il serait possible au moins de faire la description, mais dans un monde mobile, c'est-à-dire que le concept d'adaptation doit être généralisé pour rester applicable à nos sociétés en accélération.

Gaston Berger (philosophe, 1896-1960)

Quand je dis que j'ai vécu chez les mormons, je peux lire bien souvent une expression d'étonnement un peu horrifié sur le visage de mes interlocuteurs. Chez les mormons ? Mais c'est une secte ! Eh bien, en ce qui me concerne, jamais je ne dirais cela. Mon passage dans leur communauté a été pour moi un grand moment d'apaisement et absolument pas une période trouble.

Je n'ai jamais ressenti un désir d'endoctrinement de leur part. Non, jamais ils n'ont tenté de m'entraîner dans un culte qui n'était pas le mien. Bien au contraire, ils respectaient notre croyance et nos propres pratiques religieuses.

Je sais que les positions très conservatrices des mormons et leur pouvoir d'influence, notamment aux États-Unis, du fait de la richesse de leur communauté, font peur à de nombreuses personnes. Certes, ils prient très souvent, vivent en communauté et ne consomment ni alcool ni même café ou thé, et ne fument pas non plus. Mais mon expérience à leur contact, en tant qu'adolescente, a été positive, structurante.

Et je n'ai jamais ressenti le sentiment de vivre dans une secte.

Lorsque je suis arrivée chez eux, je ne connaissais absolument rien des mormons et je pense qu'il en était de même pour ma famille. Tout ce que nous avons senti, c'est leur grande gentillesse qui ne s'est jamais démentie.

Ils ont tout de suite su nous mettre à l'aise, nous qui étions traumatisés par ce déracinement et la perte de tous nos repères. Surtout, ils nous ont accueillis bénévolement et ne nous ont jamais demandé d'argent. Bien au contraire, comme je vais le décrire après, c'est eux qui nous apportaient de nombreux bienfaits.

Ils s'exprimaient en anglais entre eux, mais s'adressaient toujours à nous en français.

La communauté qui nous a tous accueillis venait en effet des États-Unis. Elle était propriétaire de cette maison dans laquelle elle avait mis en place un lieu de culte au rez-de-chaussée. Une partie du premier étage avait été mis à notre disposition. Cet étage servait à accueillir de façon occasionnelle des membres de passage ou des personnes dans le besoin. Les mormons ne vivaient pas là, mais ils venaient quotidiennement pour prier et se réunir.

Je me souviens qu'il s'agissait d'une très vieille bâtisse. Nous occupions une cuisine et trois chambres. Nous étions donc réunis, ma mère, mon oncle Marco, mon grand-père, ma tante Renée muette, mes deux cousins Paul et George. Nous étions heureux, tous les sept ensemble. Je dormais avec ma mère et ma tante Renée. Mes cousins occupaient une autre chambre avec mon grand-père. Mon oncle Marco, lui, avait sa propre chambre.

En réalité, nous n'étions pas seulement tous les sept, car la communauté avait pu accueillir toute ma famille maternelle ; nous étions onze, en fait !

Ma tante Yvonne et son mari Henri occupaient une pièce à part, au rez-de-chaussée de la maison, avec ma cousine Régine et mon cousin Hubert.

J'éprouvais un immense plaisir à descendre rejoindre les membres de la communauté. Ils avaient un piano et nous apprenaient à en jouer. Je me souviens qu'ils me donnaient également des leçons d'anglais et j'adorais ces moments d'échange, d'apprentissage. Je me sentais évoluer, progresser et j'étais fière de moi.

Ils attachaient beaucoup d'importance à la

scolarité et ils veillaient à ce que je fasse bien mes devoirs. Parfois, même, ils m'aidaient.

Je me souviens avec émotion de ces hommes en costume noir et chemise blanche. Nous ne voyions que très peu les femmes, seulement lorsqu'elles venaient pour prier. Les mormons que nous avons côtoyés durant cette période respectaient tous, comme je le disais, les différentes religions. Ils m'ont beaucoup apporté, notamment dans la transmission de valeurs, d'honnêteté, de partage, et dans le fait de ne pas jalouser. Ils lisaient à voix haute des livres dans lesquels il était écrit de ne pas être orgueilleux et envieux.

Dans la communauté, un homme tout particulièrement reste présent dans ma mémoire : Peter. Il nous donnait des chocolats et était très présent dans ma scolarité.

Nous sommes restés un an et demi chez les mormons. Ma mère avait pu retrouver un emploi de retoucheuse et travaillait dans une usine du quartier. Elle parlait peu de son travail, mais je pense qu'elle y était heureuse. Elle était fière de gagner sa vie.
Il me suffit de fermer les yeux pour entendre à nouveau la voix d'Enrico Macias et toutes ces chansons que ma mère écoutait sans cesse à l'étage lorsqu'elle était revenue du travail ou durant le week-end. Comme tous les pieds-noirs, elle adorait *J'ai quitté mon pays.*

Qu'il est doux de me remémorer cette période !

Lorsque je rentrais du collège, je m'attablais dans la cuisine avec ma cousine Régine et mes cousins pour prendre notre goûter. Ensuite, je commençais mes devoirs. Mais dès que ma mère arrivait du travail, elle allumait le poste de radio ou un magnétophone. La plupart des fois, ma tante Yvonne la rejoignait. Et là, à travers ces chansons à tue-tête sur le déracinement, sur le soleil et les merveilles du beau pays que nous avions dû quitter, elles se mettaient elles aussi à fredonner, à sourire. Le bruit était tel qu'il ne m'était pas possible de poursuivre mes leçons et devoirs, impossible de travailler dans cette ambiance musicale ! Alors, bien vite, ma cousine et moi descendions dans la grande salle des mormons pour achever ce qui était en cours et passer de bons moments avec eux. Je ris en me souvenant de ces moments, de cette habitude qu'avait prise ma mère de systématiquement écouter des chansons qui nous inondaient tous de bonheur… mais empêchaient toute autre activité !

Oui, nous étions heureux !

Je fréquentais un collège de Montpellier dans lequel je suis restée jusqu'au passage du brevet. Ma scolarité était régulière, j'étais une bonne élève, appliquée.

J'avais de très nombreuses amies, la plupart très bourgeoises. Et malgré l'équilibre et le bonheur retrouvés dans cette communauté de mormons, je ne me sentais pas totalement à l'aise avec elles. Elles ne me faisaient pas sentir mes origines pieds-noirs, ni nos différences de revenus et de de statut, mais moi, les fréquenter me rappelait tout ce que j'avais vécu auparavant : d'une part mon enfance dans l'opulence et d'autre part la douche froide de la pauvreté que j'avais ensuite connue. Il m'arrivait souvent de penser : j'étais en haut et je suis descendue. Cela provoquait chez moi un fond de tristesse. J'avais beau lutter, tenter de l'oublier, ce sentiment désagréable de perte était présent, survenant parfois comme une petite douleur physique qui vous empêche de totalement savourer le moment présent…

J'avais connu ce qu'elles vivaient, j'avais possédé ce qu'elles avaient, je savais que j'avais cette chance et je possédais ce trésor : la mémoire qui rend fort. Pour cette raison, je ne pouvais pas les envier : j'avais eu ma part. Je ne l'oubliais pas. Et puis, à la fois par mon éducation et l'état d'esprit que me faisait partager les mormons, je savais qu'envier mène à quelque chose de sournois, quelque chose de négatif qui ne devait pas faire partie de ma vie. Mais cela ravivait une peine, et je n'y pouvais rien… Mes amies me montraient tout ce qu'elles possédaient, avec beaucoup de naturel. Elles n'étaient pas fières de leurs possessions, de ce luxe quotidien, de toutes ces robes et belles affaires : pour elles, vivre dans l'opulence était normal et c'est donc en toute simplicité, sans désir de me mettre mal à l'aise ou pour se faire valoir, qu'elles me faisaient découvrir tel ou tel achat, telle ou telle nouveauté.

Je me souviens qu'elles me donnaient spontanément des affaires d'école pour me faire plaisir, des stylos par exemple, et je revivais ce que j'avais vécu, mais de façon inversée. Je n'étais plus celle qui offre, mais celle qui reçoit. C'était donc un bouleversement intérieur.

Encore aujourd'hui cette douleur m'émeut.

Je ne voulais pas en parler à ma mère, car je ne la considérais plus responsable de notre situation et je ne voulais surtout pas la blesser ou l'inquiéter. Je ne pouvais pas inviter mes amies, intuitivement je savais qu'il n'aurait pas été bon de les faire venir où nous logions et leur faire découvrir la communauté qui nous avait accueillis, même si nous vivions à l'étage. Mais moi, j'allais dans des lieux de folie ; elles vivaient dans des appartements de rêve !

Jamais je n'ai été rejetée par les mères de mes amies malgré notre différence de milieu social. Bien au contraire ! En fait, toutes ces mamans étaient contentes que leur fille me fréquente, car j'avais de bonnes notes au collège, elles savaient que j'étais une élève consciencieuse, déterminée à réussir ma scolarité. Elles avaient également pu constater à travers ma façon de me comporter que j'avais eu une éducation stricte, que j'avais été élevée dans le respect de valeurs et que je me comportais comme elles aimaient qu'on le fasse.

Souvent, l'une ou l'autre de ces mères me disait, en présence de sa fille : « ce vêtement ne lui va plus, prends-le, toi, il t'ira très bien ! » Mais il m'était très difficile d'accepter. Au fond de moi, je pouvais accepter ma situation, faire taire cette petite douleur intérieure, mais je ne voulais pas avoir à dire merci. J'avais très vite intégré dans mon éducation la fierté.

Certaines avaient systématiquement dans leurs poches des chocolats, ou achetaient des pains au chocolat, moi je n'avais rien. Je me rappelle très bien ces instants où mes amies me proposaient des sucreries : je tendais la main pour prendre par exemple un chocolat, mais jamais je n'en reprenais même si j'avais envie de beaucoup d'autres.
Ma grand-mère m'avait enseigné : « Tu dois montrer que tu es mieux que les autres ». Et cette maxime m'habitait, elle conditionnait mes actes et traçait la route qu'il me fallait suivre. Elle faisait de moi ce que je devais être, ce qu'il me semblait parvenir à être, mais sans en tirer de fierté particulière. Quand des valeurs, une direction, vous sont enseignées dans votre enfance, vous les intégrez et cela vous paraît juste naturel. Vous en tirez simplement le sentiment d'un devoir accompli ou en cours d'accomplissement, et non pas une satisfac-

tion démesurée ou une impression de supériorité.
En fait, je savais que j'étais mon seul propre espoir.

Ma mère était fière de moi et cela m'apportait beaucoup de percevoir le positif que je lui apportais. Elle avait tellement souffert avec mon père, ce que j'étais parvenue à comprendre…
D'une certaine façon, elle me reconnaissait en lui. Je veux dire par là que ma mère avait profondément aimé mon père, ce qu'il était, sa dignité, sa prestance, son naturel et sa force de caractère. Aussi, retrouver en moi certaines des qualités de celui qui avait été son époux la comblait de fierté.
Ma mère était un être bon, sa gentillesse faisait d'elle une femme certes marquée par la rupture, mais capable de ne pas renier son passé, son amour pour mon père. De ce fait, le retrouver en moi n'était pas une source de souffrance, de jalousie ou de tout autre sentiment négatif, mais lui procurait à l'inverse réassurance et fierté. Lorsque quelqu'un la complimentait sur moi, je sentais combien cela lui générait une profonde joie intérieure. Elle pensait aussi certainement, ce qui bien sûr était l'exacte vérité, qu'elle participait à faire de moi ce que j'étais, que l'éducation qu'elle m'apportait faisait de moi une jeune fille équilibrée et dont elle pouvait être fière.
Je me souviens de ses paroles : « Si tu es pre-

mière, c'est pour toi ». J'étais comme je l'ai dit une très bonne élève, souvent la première de la classe, mais c'était normal pour ma famille, je veux dire par là que c'est ce qu'on attendait de moi. Et ma mère avait la profonde conviction que je n'avais pas à être félicitée ou récompensée. Mes amies recevaient des cadeaux lorsqu'elles avaient de bons bulletins, mais je n'en avais jamais de mon côté…

Tout comme pour tous ces magnifiques vêtements à la mode que je voyais sur les autres et qui n'étaient que très rarement pour moi, je m'accommodais de cet état de fait qui renforçait mon sentiment qu'il m'appartenait de tracer le chemin de ma vie, en m'adaptant, en fournissant des efforts.

Et donc, tout comme je mettais un beau foulard qui magnifiait ma tenue toute simple, je travaillais dur pour réussir ma scolarité et gagner ainsi non pas un cadeau, mais un passeport pour une vie d'adulte qui soit celle que je voudrais : une vie aisée, où l'argent ne serait pas un problème, un manque.

Oui, adolescente puis jeune fille, j'ai d'emblée intégré cela.

Mon père, lui, vivait toujours Toulouse et avait refait sa vie. Il avait épousé une femme. Très amoureuse de mon père, elle avait quitté pour lui son mari et son fils, déjà jeune homme. Chrétienne, elle avait aussi renoncé à sa religion pour embrasser celle de mon père. Ensemble, ils avaient ouvert un hôtel ainsi qu'un restaurant. Ma belle-mère était d'une très grande gentillesse avec moi et je l'aimais beaucoup.

Mon père et elle vivaient dans cette même opulence que j'avais connue en Algérie auprès de toute ma famille paternelle. Lorsque j'allais leur rendre visite, mon père me gâtait toujours. Je me souviens d'un magnifique pendentif en forme de cœur qu'il m'avait offert. J'adorais ce bijou : le cœur s'ouvrait, j'avais une fascination pour cet objet. Mon père m'achetait aussi des vêtements lorsque je venais le voir.

Je les voyais tous deux régulièrement et ma mère n'était pas jalouse de ma belle-mère. Ce n'est pas cette femme qui avait brisé son couple, et avec le temps, ma mère ne souffrait pas du fait que mon père ait refait sa vie. Elle savait en le quittant que cela arriverait, c'était dans l'ordre des choses

Mon père souhaitait que je quitte Montpellier et vienne m'installer avec lui. Il me promettait de m'inscrire dans une belle école après l'obtention de mon brevet.

Mais ma mère avait assez souffert et j'ai décidé de rester avec elle. Je ne voulais pas lui faire de peine, qu'elle revive un déchirement, celui de la séparation d'avec l'être qui compte le plus pour vous. Nous savions toutes deux qu'un jour, bien sûr, je volerais de mes propres ailes, mais ce nid que nous nous étions reconstruit était le nôtre, je n'allais pas le quitter pour en rejoindre un autre.

Elle m'a dit « si tu veux aller avec papa, tu peux y aller, je le comprends ». Quelle force de caractère et quelle affection pour moi ! Si j'étais partie, je sais à quel point cela aurait été dur pour elle. Mais elle était prête à accepter mon départ, elle m'ouvrait même la porte pour que je puisse prendre cet envol si je pensais qu'il était bon pour moi. C'est cela, le véritable amour maternel : celui qui fait que l'on est capable de s'infliger une souffrance si elle peut apporter un bienfait à son enfant.

Lorsque j'ai terminé mes années au collège et obtenu mon brevet, ma mère m'a mise dans une école de commerce payante. C'était un sacrifice financier important pour elle, mais elle savait qu'ensuite, j'obtiendrais sans problème un emploi.

À cette époque, elle venait parfois me chercher le vendredi soir après mes cours, et nous sortions ensuite. Nous nous promenions toutes deux. Elle cherchait à me faire plaisir, elle m'achetait de menus présents : de petits vêtements comme un tee-shirt ou une chemise de nuit, ou encore de légères fournitures scolaires qui ne coûtaient pas trop cher. C'était important pour elle de me faire plaisir et j'adorais ces moments de partage, de connivence. Ma mère était une femme entière et passer du temps avec elle était une source de dynamisme, de joie.

Après un an et demi dans cette communauté

de mormons, ma famille a enfin été relogée, en HLM dans un T5. Nous avons déménagé et, là, j'ai connu ce qui me paraît être aujourd'hui les meilleurs moments de ma vie !

Aujourd'hui, le terme d'HLM renvoie souvent à des représentations négatives de pauvreté, de situations précaires, d'habitat non choisi. Oui, l'environnement qui vient à l'esprit est fréquemment celui d'immeubles vétustes et tristes, avec des murs délabrés et tagués. Nous avons en tête la vision de tours et de barres, d'appartements bruyants, mal insonorisés, où il ne fait pas bon vivre. En réalité, ma famille et moi logions dans un quartier plaisant au sein duquel les habitants étaient satisfaits de demeurer. Nous n'avons connu aucun problème de voisinage durant toute cette période. Nous étions juste heureux !

J'habitais avec ma mère, ma tante Yvonne et son mari, mon oncle Henri, ainsi que ma cousine Régine et mon cousin Hubert. Mais en réalité, c'est toute ma famille maternelle que j'ai retrouvée à cette époque, puisque nous vivions tous dans le même quartier !

En effet, ma tante Jacqueline avait acheté une villa située à environ deux cents mètres de notre appartement. Et trois cents mètres plus loin, une autre de mes tantes, Lydia, habitait là. Ma tante Renée, elle aussi, avait choisi d'habiter un peu plus loin, mais toujours à proximité de ce même quartier. Eh oui, nous étions à nouveau une grande famille réunie, ce que je n'avais jamais connu du côté maternel. Cela me rappelait évidemment mes belles années d'enfance. Nous allions les uns chez les autres, nous nous entraidions, nous riions à tue-tête ensemble, j'adorais être avec mes nombreux cousins.

Et chaque vendredi soir, nous nous retrouvions pour le Shabbat et je revivais les moments d'avant, de ce passé en Algérie…

Nous allions tantôt chez l'une, tantôt chez l'autre de mes tantes. Peu importait. Au contraire, ces lieux successifs où nous partagions notre fête religieuse participaient à mon bonheur : chaque endroit avait sa spécificité, sa magie, et le Shabbat était source de bonheur sans cesse renouvelé.

Que de joies, petites et grandes, partagées avec ma famille maternelle à cette époque ! Je me souviens avec tant de bonheur de ce que nous avons vécu avec Yves, Georges, Henri, Paul, Régine et Martine. Nous étions si souvent ensemble, pour ces fêtes de famille, dans le quotidien, aussi, pour des instants de connivence, d'affection et d'amour.

Être ensemble.

Voilà ce qui me ressourçait, m'équilibrait et me rendait radieuse.

Je retrouvais bien sûr le plaisir, la sérénité qui m'étaient donnés avec ma grand-mère Nejouma. Elle me manquait moins, j'avais quitté ce monde de l'enfance où l'absence de ma grand-mère était une plaie ouverte. La jeune fille que j'étais devenue était capable de savourer l'instant présent, et d'apprécier sans en souffrir les visites à ma grand-mère paternelle.

Oui, j'avais mûri et gagné en équilibre, même si évidemment je continuais à porter en moi une petite fêlure. Mais celle-ci n'était plus de nature à détruire le bâtiment : juste là en rappel de tempêtes qui appartiennent au passé. Lorsqu'il m'arrivait de connaître des moments de tristesse, de nostalgie, ma mère me répétait : « il faut toujours voir plus bas, il y a des gens beaucoup plus malheureux que toi ! » Cette injonction me guidait, et continue aujourd'hui à le faire. La voix de ma mère rejaillit à mon esprit et m'aide à laisser derrière moi tout fond de tristesse ou d'envie.

Mes études de secrétariat et comptabilité que ma mère me payait me plaisaient beaucoup. J'étais heureuse d'apprendre, j'avais découvert la sténo, et j'excellais dans cette matière. Se servir des deux mains était un avantage pour moi, ancienne gauchère qui avait donc une dextérité plus forte que la plupart des autres étudiants. Les classes étaient mixtes, nous étions environ une quinzaine dans chacune d'entre elles, et les niveaux n'étaient pas homogènes. Je devais passer un examen tous les six mois et mes résultats étaient toujours au-delà de mes attentes. Je n'avais pas conscience de mes capacités, cela me paraissait naturel de réussir. J'avais bien intégré que les études m'apporteraient l'indépendance financière et, je l'espérais, de pouvoir avoir le niveau de vie que je désirais au plus profond de moi.

La fin de mes études approchait et la directrice nous a proposé de nous inscrire dans des entreprises d'intérim. Il fallait bien sûr passer des tests, et tout le monde n'était pas pris. Moi, je l'étais systématiquement.

À cette époque, le physique comptait, je veux dire que c'était communément admis et ouvertement dit. Bien sûr, ce sont des choses qui sont heureusement inacceptables aujourd'hui, et souvent, malheureusement, bien cachées, car bien que politiquement et socialement incorrectes… toujours en vigueur. Mais il faut bien reconnaître que lorsque ma vie professionnelle a débuté, on ne voyait pas de jeunes femmes laides à des postes de secrétariat de direction… Comme je faisais partie de celles qui réunissaient à la fois compétences et physique avantageux, j'avais toujours les postes les plus convoités. La directrice, qui avait souvent connaissance de demandes intéressantes, communiquait les informations aux filles qu'elle considérait comme les plus sérieuses. C'est ainsi que je pris l'habitude de travailler dans de grandes entreprises comme le Capitol, comparable aux Galeries Lafayette aujourd'hui.

Il était très important pour moi de gagner un peu d'argent, et j'avais en plus pris l'habitude de travailler le soir dans une boîte de nuit située aux portes de Montpellier, le célèbre Tiffany's. C'était à l'époque un lieu incontournable. Chaque soir, des fêtes s'y tenaient, fréquentées par de très nombreux jeunes adultes, étudiants ou jeunes professionnels, mais aussi une clientèle plus âgée. C'était le temps des pantalons à pattes d'éléphant, des cheveux longs, des grandes lunettes aux verres souvent teintés ! Claude François, Johnny Halliday, tous les tubes de ces chanteurs et de bien d'autres encore passaient en boucle. Ah, cette époque du disco et des rocks endiablés ! J'étais derrière le bar et je voyais les corps danser, s'élancer. J'aimais être là, profitant d'une ambiance qui me plaisait, et gagnant en même temps de l'argent !

Un homme plus âgé que moi – de dix-sept ans mon aîné – était très amoureux de moi. Il déposait chaque soir un bouquet de roses sur le bar. Il me rappelait un peu mon père avec sa prestance, il était ouvert, plein d'allant, généreux. Je comprends aujourd'hui que ce que je cherchais alors dans une relation de couple : c'était l'image de mon père, trouver à travers l'assurance et la maturité de mon amoureux un équilibre, une dynamique affective régénérante.

Mes parents ignoraient tout de cette relation qu'ils auraient désapprouvée. Mais moi j'étais heureuse. Cet homme était bien plus amoureux de moi que je ne l'étais de lui, mais je garde le souvenir de forts moments d'allégresse.

Je commençais à gagner pas mal d'argent et j'ai pu alors financer mon permis et m'acheter une voiture. C'était une petite décapotable Volkswagen, beige clair. Combien étais-je fière le premier jour où j'ai roulé dans la ville, seule, les cheveux au vent !

Mon contrat d'intérim se finissait à la fin de l'été et j'ai pris la décision de passer un concours à Montpellier pour tenter d'intégrer le ministère de l'Agriculture à Paris. J'avais envie de liberté et de partir vivre à Paris. J'ai donc travaillé à la préparation de ce concours et passé avec succès les épreuves.

Mais entre-temps, j'ai appris qu'une société de casting de Montpellier recrutait des figurants. Je me suis donc présentée avec une amie connue à l'école de commerce afin de tenter ma chance ! J'ai été sélectionnée et ai pu participer au tournage d'un premier film. Ensuite, j'ai appris que la société recherchait des figurants pour la réalisation du film *La piscine*, à Saint-Tropez. J'ai postulé, passé le casting avec mon amie.

Et c'est ainsi que dans ma dix-huitième année, avant de connaître ma vie professionnelle à Paris, je suis partie avec une amie plusieurs mois dans cette ville mythique de Saint-Tropez pour tourner dans un film dont la célébrité ne s'est jamais démentie !

Chapitre 7

Si je n'avais pas rencontré les femmes que j'ai rencontrées, je serais mort. Les femmes m'ont aimé, elles ont voulu que je fasse ce métier et ce sont elles qui se sont battues pour que je le fasse. Sans elles, je ne serais pas là aujourd'hui.

Alain Delon, Mai 2019, Festival de Cannes

Ah, Saint-Tropez en ces années-là !

C'était une époque et une ville où il était très tentant pour une jeune fille de se faire entretenir…

J'en ai connu de très nombreuses qui ont ainsi cédé à la tentation, à la facilité.

La facilité d'un beau regard d'acteur, ou d'un homme simplement bien vêtu…

Mais surtout, il faut le reconnaître, à l'attrait d'une vie facile auprès d'un directeur ou de n'importe quel homme au portefeuille bien rempli.

Ah oui, que d'individus riches qui promettaient des merveilles à partir du moment où l'on acceptait de devenir leur maîtresse… Cela impliquait pour ces jeunes filles d'être disponibles aux moments où Monsieur le désirait, quand cela l'arrangeait. En contrepartie, une vie aisée leur était garantie !

Certaines de mes connaissances ont ainsi peu à peu glissé vers une forme de vie que je ne juge pas, mais qui bien évidemment ne correspondait pas à l'éducation que j'avais reçue, aux principes que m'avait inculqués ma famille…

En devenant la maîtresse d'hommes qui avaient systématiquement dépassé la quarantaine (et qui avaient par conséquent le double de leur âge quand ce n'était davantage encore), ces jeunes filles ne manquaient jamais d'argent. Cependant, elles s'aliénaient peu à peu elles-mêmes dans des relations qui n'étaient pas toujours bonnes pour elles, et qui pouvaient même s'avérer très mauvaises. Elles étaient parfois amoureuses et alors un bon équilibre existait, en tout cas au début. Très attirées, très aimantes, elles apportaient à leur conjoint la présence, l'effervescence, et surtout la jeunesse dont il avait besoin à ses côtés pour se sentir exister.

Chacun, dans la relation, donnait quelque chose qui manquait à l'autre, dans un échange qui satisfaisait les deux parties.

Mais le plus souvent, cet équilibre était de courte durée, voire inexistant. J'ai vu se reproduire deux cas de figure, schématiquement.

Premier cas : ces jeunes filles se trouvaient tôt au

tard remplacées par une plus belle, une plus jeune, ou simplement l'attrait de la nouveauté. Il faut dire que Saint-Tropez regorgeait de belles filles, plantureuses ou fines, brunes ou blondes, aux cheveux raides ou bouclés, toutes à la peau colorée, cuivrée par le soleil. Et ces jeunes filles, entretenues par un homme auquel elles étaient attachées, vivaient alors d'une part la tristesse d'une rupture, et d'autre part, la douleur du manque financier. La conjugaison des deux donnait naissance à un cocktail qui laissait en bouche une saveur d'amertume. Le manque d'argent, l'arrêt de la manne qui leur permettait d'obtenir tout ce qu'elles voulaient sur le plan matériel, les amenait alors à chercher hâtivement un homme qui les entretiendrait à nouveau.

Second cas fréquent : ces jeunes filles avaient peu à peu renoncé à l'amour au fil de rencontres décevantes. Elles s'étaient même affranchies de la notion d'attrait physique pour leur compagnon, seul l'intérêt présidait à leur choix : cet argent donné, tous ces biens matériels offerts, qui leur permettaient de mener une vie faste, de luxe et de dépenses. De ce fait, elles pouvaient alors très facilement quitter l'homme qui les entretenait pour un autre plus riche, ou simplement plus généreux. Peu leur importait d'être quittées, puisqu'elles ne s'attachaient jamais plus à un être humain, mais seulement à un compte bancaire. Il est évident que lorsque l'on arrive à raisonner ainsi, les sentiments ne blessent plus. Le couple devient un instrument où l'entente affective n'entre pas en jeu, il est vécu comme un contrat commercial pouvant s'interrompre à tout moment au profit d'un autre. Et il ne leur restait plus qu'à choisir entre des propositions plus ou moins intéressantes…

De mon côté, je découvrais ainsi des comportements qui m'étaient étrangers bien sûr, mais dont je voyais qu'ils étaient une sorte de norme à Saint-Tropez. En effet, être entretenue était très répandu dans le Saint-Tropez de cette époque, en tout cas, dans certains milieux…

J'étais pour ma part partie de chez ma mère sans lui dire où j'allais exactement. Elle savait simplement que j'avais obtenu un contrat de figuration et que j'étais avec mon amie Évy, qui elle aussi avait été retenue. Je ne voulais pas que ma mère tente de venir me chercher, ce qu'elle n'aurait pas manqué de faire si elle m'avait sue à Saint-Tropez ! D'ailleurs, j'en reparlerai, c'est ce qu'elle fit un mois plus tard.

J'ai toujours eu de la chance dans mes rencontres et mon séjour sur la Côte d'Azur en est l'exemple type ! En effet, j'ai d'abord eu la grande chance de participer en tant que figurante au tournage de *La piscine* avec Alain Delon et de loger dans la villa de Ramatuelle louée à cette occasion. Je garde de cette époque un souvenir émerveillé.

Côtoyer des stars comme Alain Delon et Romy Schneider me paraissait à la fois incroyable et naturel (Jane Birkin n'était pas encore très connue à cette époque). J'oscillais entre une surprise intense, sans nom, et un sentiment de normalité, comme si ma place était là, depuis toujours…

Participer à l'effervescence sans nom d'un tournage est inoubliable. Je pense que pouvoir vivre une telle expérience apporte un grand enrichissement. J'avais toutes les qualités requises pour être figurante : la ponctualité, la fiabilité et la souplesse. La figuration, que j'ai eu ensuite l'opportunité de pratiquer de nombreuses fois, est une activité qui s'avère une excellente école professionnelle. Nous y apprenons notamment la patience ! Parfois, il peut s'écouler des heures entre le moment de la convocation et le tournage. Je ne me souviens plus des conditions exactes de ce tournage-là, mais je me rappelle mon admiration sans bornes pour Alain Delon ! Pourquoi les stars nous fascinent-elles, surtout lorsque l'on est jeunes ? Leur vie de facilité, de luxe m'émerveillait, me faisait rêver. Il me semblait qu'en leur présence, j'échappais complètement à mon propre univers et à ces privations qu'il m'avait fallu m'imposer. Je m'évadais. Et curieusement, j'avais en même temps la conviction d'être à ma place, exactement là où je devais être.

À la fin du tournage, j'ai décidé de louer pour quelques mois un appartement avec l'amie qui m'avait accompagnée, Évy.

Nous avons alors toutes deux travaillé dans des boutiques de Saint-Tropez. Éduquée dans un cadre strict et avec des valeurs de respect des autres comme du travail, je n'avais aucun mal à trouver un emploi… et à le conserver ! Je me souviens que très rapidement, le ou la directrice des boutiques me confiait de nombreuses responsabilités, voire parfois la tenue du magasin.

J'avais une clientèle d'artistes, mais aussi beaucoup de fils à papa. Tout était horriblement cher : les vestes en velours drapé, les hauts de tissu très fin avec des strass, des brillants… La mode est un éternel recommencement, mais je l'ignorais à cette époque et j'étais fascinée par l'originalité et la délicatesse de tous ces vêtements qui me paraissaient ne pas pouvoir être égalés.

Le soir, nous étions très souvent, mon amie et moi, invitées dans les endroits les plus huppés, et notamment dans cette boîte de nuit mythique, le Byblos, qui fut ma première véritable découverte du monde de la nuit.

C'était la fin des années soixante, l'époque des soirées de Brigitte Bardot, des réceptions de Françoise Sagan. Je garde de cette période le souvenir d'une effervescence, d'une profusion d'argent, de gaieté, de beauté et de délire !

Le monde de la nuit : un autre monde…

Comment en restituer l'ambiance ?

Tout d'abord, le plus frappant était les arrivées de stars et les ouvertures de portes par des chauffeurs ; les gardes du corps jamais très loin, mais qui se faisaient oublier ; les videurs qui refusaient l'entrée à tous ceux qui n'avaient pas eu le privilège d'être invités à participer… Le Byblos était le palace tropézien le plus en vogue de toute la côte, tous les people se retrouvaient au night-club. Le magazine Challenge l'a qualifié dans l'un de ses articles de « palais des mille et une fêtes » et c'est d'une telle justesse !

Comme dans ce célèbre conte de la littérature du Moyen-Orient, *Les Mille et une nuits*, les personnages qui peuplaient la boîte de nuit me plongeaient dans un monde féerique… et tellement innovant pour moi ! Je découvrais de tout nouveaux courants musicaux, des danses tantôt endiablées, tantôt d'une folle sensualité. J'adorais danser et passais des heures sur la piste, le son de la musique toujours très fort, qui vous retentissait dans les oreilles.

Je voyais l'alcool couler à flots : les meilleurs

whiskys et champagnes à des prix équivalents à des mois de salaires d'une employée !

Je fréquentais des gens auprès de qui je me sentais bien sans pour autant épouser leur façon de se comporter. J'étais invitée dans des soirées où stars du showbiz et membres de la mafia se côtoyaient. En effet, les deux univers se connaissaient et partageaient parfois de folles virées nocturnes. Porsche flamboyantes, Maserati au célèbre trident, draps en soie : le quotidien était un univers de luxe, de fêtes, de joie et de cocktails inventifs.

Mais aussi, il faut bien le reconnaître, de dangers pour certains et certaines…

Je garde en mémoire une anecdote terrible.

Des croisières étaient parfois organisées en mer méditerranée, et un jour, je devais participer à l'une d'entre elles.

J'avais été invitée par un homme que je ne connaissais pas, rencontré lors d'une soirée. Un ami très avisé me mit en garde lorsqu'il me vit une nuit sur le quai, attendant mon tour pour passer les contrôles d'entrée. Il me conseilla non pas de me rétracter, mais de dire, lorsque ce serait le moment de donner mes coordonnées avant de monter dans le bateau, que je communiquais l'adresse de mes parents, qu'ils habitaient sur la Côte d'Azur avec mes frères. Et que bien sûr, ils savaient que j'embarquais sur ce bateau. J'agis ainsi et on me déclara alors qu'il n'y avait pas de place pour moi, que les réservations étaient combles. Beaucoup d'Anglaises embarquaient, elles. Il faut savoir qu'à cette époque, de nombreuses jeunes filles étrangères venaient changer de vie à Saint-Tropez, ayant quitté leur famille et leur pays pour découvrir de nouvelles expériences sur la Côte d'Azur, s'émanciper et profiter de la vie. La plupart étaient toujours très enclines à accepter des propositions de fêtes.

Je découvris après coup que seules les filles sans parents ou sans proches susceptibles d'être prévenus de leur départ avaient embarqué. On sut quelque temps après que ces filles avaient été droguées. Elles ne sont pas revenues, certainement débarquées à Tanger…

La traite des blanches devint ainsi pour moi un phénomène réel, et qui me terrifia longtemps. Bien évidemment, j'en parlais à toutes mes amies pour les mettre en garde.

Il est impossible de savoir avec certitude si ces jeunes filles ont été ou pas exportées dans des réseaux de prostitution, mais pour ma part, je ne pense pas qu'il s'agisse d'un mythe. L'esclavage sexuel existe, ce serait grotesque de le nier. Des femmes sont envoyées dans des maisons closes, dans des lieux où elles sont séquestrées. D'ailleurs, des films et reportages ont été consacrés à cette triste réalité pour la dénoncer.

Fort heureusement, cet épisode isolé n'est pas représentatif de l'expérience que je connus à Saint-Tropez.

Non, bien au contraire !

Le souvenir de ces quelques mois reste gravé en moi comme la belle empreinte artistique laissée par l'outil sur le métal ou le papier.

C'était une belle époque, mythique, d'amitiés et d'amours. Il régnait une atmosphère de gaieté, d'insouciance, qui me rendait heureuse comme jamais je ne l'avais encore été, hormis dans mon enfance avec Mémé Nejouma.

J'avais une conscience très claire du fait que jamais, au grand jamais, je n'aurais pu vivre ma jeunesse de cette façon en Algérie.

Mes jeunes années s'étaient déroulées dans un cadre idyllique, j'avais été entourée d'amour, mais j'avais été élevée avec une éducation emplie de principes parfois liberticides. J'avais aussi beaucoup souffert de la séparation de mes parents, et c'était un grand bonheur pour moi que finalement, mon chemin de vie m'ait conduite ici.

J'aimais beaucoup ce présent à Saint-Tropez !

J'étais pour la première fois sans ma famille auprès de moi pour m'épauler, me guider et ce nouvel univers vers lequel j'étais spontanément allée aurait pu s'avérer sinistre, néfaste, dangereux, ou même simplement problématique. Mais non, je ne suis tombée que sur des personnes fabuleuses, j'ai su choisir mes amis et mes fréquentations, et ne pas dévier vers une route qui m'aurait conduite là où il ne fait pas bon aller… Je devais me débrouiller seule, mais j'y parvenais très bien.

Je suis ainsi restée trois mois sur la Côte d'Azur, et je n'ai jamais oublié cette période de ma vie que je considère comme une belle parenthèse. Je savais que je ne demeurerais pas figurante ou vendeuse toute ma vie, qu'il me faudrait rejoindre bientôt un cadre plus classique. Mais je savourais ces délicieux moments…

La mer, toujours très présente dans ma vie, avec en prime des plages privées et des paysages de rêve, continuait d'enrichir mon quotidien.

Afin d'être certaine que je rentre, ma mère, à qui j'avais bien sûr fini par dire où j'étais, a demandé à mon père de l'emmener à Saint-Tropez pour venir me chercher. J'avais refusé : j'étais majeure et libre de rester là où je me sentais heureuse, d'autant plus que je gagnais ma vie sans être redevable à qui que ce soit. Ma mère était cependant partie rassurée car je lui avais fait une promesse : celle que je rentrerais bien pour prendre un poste au Ministère de l'Agriculture à Paris, puisque j'avais été admise au concours...

Mon séjour à Saint-Tropez m'a enrichie, car il m'a montré que je pouvais être à l'aise dans n'importe quel milieu, dans n'importe quelle situation.

Je pouvais tout à la fois fréquenter la Jet Set et une clientèle internationale de vacanciers, servir dans un bar ou accueillir des hommes et des femmes de tous milieux dans une boutique. Fils à papa, richissimes artistes, mais aussi touristes ayant économisé toute l'année pour s'offrir des vacances de rêve : le brassage de personnes et de milieux socioprofessionnels était très riche ! C'était l'âge d'or pour Saint-Tropez, les vacanciers arrivaient du monde entier et une faune incroyable peuplait les bars du port, les boutiques et les plages. La consommation touristique était phénoménale sur la Côte d'Azur. La mode était à son apogée. La musique avait déjà beaucoup évolué depuis mon arrivée en métropole, les tubes nous emportaient dans des univers musicaux aux rythmes fous.

Plus qu'une station balnéaire à la mode, Saint-Tropez était une super star, celle que l'on veut côtoyer, auprès de qui l'on veut se réveiller, de bon matin, après une nuit endiablée ! En d'autres mots, c'était tout à la fois un sésame et une caverne d'Ali Baba !

Mon retour à Montpellier fut de courte durée, mais j'eus à nouveau dans cette période de ma vie l'occasion de faire de la figuration.

J'obtins même pour la première un petit rôle dans un feuilleton télévisé qui allait avoir un certain succès !

En effet, l'agence avec laquelle j'avais déjà eu l'opportunité de travailler m'a contactée pour me proposer de participer à un épisode de *Maurin des Maures*. Ce feuilleton tourné en vingt-six épisodes par Jean Canolle et Claude Dagues, diffusé pour la première fois en 1970, est tiré du livre de Jean Aicard. Il raconte les histoires d'un braconnier dans le Massif des Maures. Personnage sympathique, cet homme est poursuivi par des gendarmes et il lui arrive, ainsi qu'aux personnages secondaires qu'il côtoie, de nombreuses aventures.

Je jouais le personnage d'une jeune fille qui habitait un village et avait des mœurs légères. Un marin qui voulait absolument épouser une jeune fille sérieuse envisageait de se marier avec moi jusqu'au moment où il se rendait compte que je ne correspondais pas au profil de femme qu'il voulait !

Le tournage s'est effectué en plein été dans un petit village près de Montpellier, je me souviens de la chaleur estivale. L'ambiance était sympathique et j'en garde un excellent souvenir général.

Après cette expérience, j'ai participé à nouveau à différents tournages, mais les autres fois, c'était pour de la simple figuration.

Je savais qu'il n'était pas envisageable pour moi de devenir comédienne, d'en faire mon métier. J'avais décidé depuis un certain temps déjà de partir vivre à Paris, pour travailler au Ministère de l'Agriculture, après avoir été reçue au concours d'entrée.

Je garde de mon arrivée à Paris un souvenir merveilleux. Je découvrais la ville pour la première fois. Et quelle aventure pour moi dont toute une partie de l'enfance s'était déroulée dans un petit village d'Algérie !

Je vivais sur la belle avenue Wagram, là où un logement m'avait été attribué par le ministère.

Je passais mes journées à taper à la machine. Ah, ces pavés de lettres, combien de fois mes doigts les ont-ils frappés, de façon tout à la fois énergétique et automatique ! Je me souviens encore du bruit cadencé que cela produisait ! Une bonne secrétaire devait savoir écrire sans faire de fautes d'orthographe ou de frappe.

J'avais pour mission d'assister un directeur qui m'appelait dans son bureau pour me faire écrire des lettres en sténo. Il s'agissait de réponses à différents courriers qu'il avait reçus, de missives qu'il souhaitait envoyer, etc. Il avait beaucoup de dossiers à traiter. Normalement, je n'aurais dû travailler que pour lui. Mais du fait de mon jeune âge, les femmes qui travaillaient au ministère me donnaient énormément de tâches à exécuter en plus. Elles se déchargeaient sur moi sans en aviser le directeur et bien évidemment je n'osais pas me plaindre. Je restais dans mon mutisme, mais je supportais difficilement cette situation. J'en avais assez d'être le larbin de toutes ces fonctionnaires !

Mon emploi au ministère de l'Agriculture ne me passionnant pas et compte tenu de la situation, je décidai de changer de voie ! Sept mois s'étaient écoulés et je n'en pouvais plus ! Il était temps pour moi de changer d'horizon !

J'ai alors posé ma candidature pour être embauchée aux studios de télévision des Buttes Chaumont. Il était nécessaire de passer un concours. À l'époque, quel que soit l'emploi, nous étions obligés, hommes et femmes, de nous présenter à des concours. Ce n'étaient pas des examens, et la sélection était importante.

Quand j'appris être reçue à ce concours, je pris sans hésitation la décision de démissionner immédiatement ! Je n'étais pas encore fonctionnaire et, en tant qu'auxiliaire, pouvais partir sans problème, il était inutile de réaliser un préavis.

Aux studios de télévision des Buttes Chaumont, j'avais pour mission de m'occuper du cachet des artistes et de la comptabilité. Il m'arrivait fréquemment de travailler tard le soir.

Cet emploi me plaisait beaucoup et je m'y réalisais. L'ambiance était chaleureuse, les directeurs bienveillants. La directrice pour laquelle je travaillais personnellement m'aimait beaucoup et avait une confiance absolue en moi. Quel changement avec le ministère où je m'étais sentie exploitée par des femmes envieuses ! Cette directrice partait à la fin de sa journée de travail, vers dix-huit heures, en me remettant les cachets des artistes. Je devais alors attendre la fin de leur enregistrement pour les rémunérer.

Je suis restée environ une année sur ce poste, ravie de travailler dans la bonne humeur. Pour moi qui venais d'un village, côtoyer quotidiennement des artistes que le public découvrait à la télévision était tout simplement magique ! J'éprouvais beaucoup de plaisir à rencontrer les chanteurs, qui venaient très régulièrement et en grand nombre !

Les circonstances de mon départ de Paris sont tristes.

Chapitre 8

Ce qu'on appelle le bonheur, c'est sa propre capacité d'aimer la vie.
Jean Royer

En effet, j'ai été dans l'obligation de démissionner de ce poste qui me comblait, car ma mère était malade…

Depuis quelque temps déjà, ses problèmes cardiaques lui jouaient beaucoup de tours. Malheureusement, son état de santé connut une aggravation à ce moment de ma vie à Paris. De plus, la solitude lui pesait beaucoup, et surtout l'absence de sa fille. Ma mère devait souvent être hospitalisée. Mes tantes ne pouvaient plus subvenir à ses différents besoins ; il était donc impératif que je retourne à Montpellier pour l'assister.

Ma mère vivait toujours chez l'une de ses sœurs à ce moment de sa vie. Je les ai donc rejointes. Quitter Paris m'a donc à la fois semblé naturel… et douloureux. Je commençais à avoir un cercle d'amies, je sortais beaucoup et passais de bons moments dans cette belle ville. Il faut le reconnaître, Paris a un côté unique ! Ses rues typiques, ses boutiques, ses musées… et cette ambiance que l'on ne retrouve nulle part ailleurs !

En même temps, la chaleur, le soleil et la mer me manquaient. Mais j'étais encore à un âge où la famille ne vous manque pas, ou disons, plus exactement, que quelques mois de séparation n'étaient pas suffisants pour me faire éprouver le besoin de rentrer. Par contre, que ma mère soit malade me tourmentait et je n'ai pas hésité une seule seconde à prendre la décision d'un retour chez ma tante.

Quand je suis revenue, ma mère a heureusement peu à peu retrouvé la santé. Je me suis occupée d'elle, son état me peinait. Elle était affaiblie, avait perdu beaucoup d'énergie. Elle avait vieilli. Je pense que ma présence a tout changé pour elle. En tant que fille unique, l'amour qu'elle me portait était très fort. Et de mon côté, comme je l'ai déjà évoqué, toutes ces années de vie sans mon père au quotidien avaient soudé notre relation et il me semblait important d'être là pour elle, à mon tour. J'ai vite oublié ce que j'avais quitté, pour m'adapter à cette nouvelle vie, sans regret, sans amertume.

Une nouvelle période allait commencer !

Pour continuer à être financièrement indépendante, je m'étais, dès mon retour, inscrite dans un cabinet d'intérim. J'obtenais sans problème des remplacements de secrétaire. Je n'ai jamais connu la moindre période d'inactivité.

J'ai ainsi beaucoup travaillé dans de grandes entreprises. Je gagnais bien ma vie et j'ai eu à cœur d'aider ma mère matériellement quand elle a eu envie de s'acheter un appartement. J'étais tellement fière de pouvoir l'aider ! Contribuer à cette acquisition m'a semblé naturel, et plus encore que cela, un juste retour des choses. Par ailleurs, que je puisse l'aider l'a emplie d'admiration pour moi, et ce sentiment me réchauffait le cœur.

À cette période de ma vie, je travaillais jour et nuit… En effet, j'alternais en intérim les postes de secrétaire dans la journée, et le soir je travaillais au Tiffany's, cette discothèque mythique des années soixante-dix.

Ah, le Tiffany's ! Ceux qui l'ont fréquenté à cette époque comprendront ce que je veux dire ! C'était la boîte de nuit incontournable, le lieu où tout naturellement l'on désirait aller pour danser, passer de bons moments. Les Montpelliérains disaient du Tiffany's qu'il était inspiré de discothèques de la Costa Brava. Les clients fumaient beaucoup de cigarettes brunes, portaient des pantalons à pattes d'éléphant et se déhanchaient aussi bien sur du Claude François que des styles anglo-saxons ! Les jupes plissées et à carreaux des jeunes filles tournoyaient sur des rythmes endiablés. Je retrouvais un peu de l'ambiance que j'avais connue à Saint-Tropez.

J'étais serveuse, la plus jeune des employées, et je travaillais jusqu'à quatre heures du matin. Malgré ces nuits très courtes, j'étais toujours en forme le matin ! Un couturier parisien, qui fréquentait cette discothèque lors de ses passages à Montpellier, me réalisait le double des tenues des stars et je me sentais comme une princesse ! J'adorais lorsqu'il me montrait ces tenues toutes plus belles et extravagantes les unes que les autres ! Les tissus étaient de qualité exceptionnelle, les robes semblaient être dotées d'une magie envoûtante et j'étais très fière de les porter… Ce couturier dirigeait également un magazine de mode et c'est ainsi que j'ai eu l'occasion de réaliser des publicités pour lui. J'adorais cette vie trépidante que je menais ! Le travail ne me faisait pas peur, au contraire, il me permettait d'être autonome et de mener ma vie comme je l'entendais. Je débordais d'énergie, de joie de vivre ! J'avais un cercle d'amis très vaste que j'aimais retrouver la nuit. Mon emploi de serveuse me permettait de rencontrer énormément de gens, et de bien gagner ma vie tout en m'amusant !

Ma mère qui continuait de veiller sur moi avec beaucoup de présence, mais aussi de crainte, s'inquiétait de mes fréquentations, car mes amis étaient pour la plupart des personnes qui n'étaient pas de confession juive. Elle avait très envie de me voir me fiancer puis épouser un homme, et pour elle, comme pour toute ma famille, il était très important qu'il soit juif. Elle me faisait souvent des remarques ! Elle m'incitait à me rendre chez mon père à Toulouse pour que je rencontre des jeunes hommes « comme nous ».

Elle se mit ainsi en tête, un jour, de me faire aller à une communion qui devait avoir lieu dans la famille élargie de mon père. Elle espérait que je ferais une rencontre intéressante, ou autrement dit, celle d'un homme juif susceptible de devenir un bon fiancé pour moi !

J'acceptais de passer quelques jours chez mon père et… ce fut ainsi que je fis connaissance de celui qui très rapidement allait devenir mon époux ! Mais contrairement aux espérances de mes parents, il n'était pas juif !

J'ai rencontré mon mari dans l'usine que dirigeaient mon père et mon oncle. Il était venu chercher un de ses copains qui travaillait là. Nos regards se sont croisés : coup de foudre réciproque ! Je sais que cela peut paraitre stéréotypé, mais c'est exactement ce qui s'est passé ! Le lendemain, c'était la communion et je n'y suis même pas allée…

Il avait envie d'un enfant.

Nous étions très amoureux.

Mieux, nous nous aimions.

Une semaine après la rencontre, nous avons décidé de nous fiancer et de publier les bans. Nous ne nous connaissions pas vraiment encore, mais nous avions confiance dans l'avenir.

Ce fut un mariage comme nous le souhaitions : intime. Alors que les fêtes de famille rassemblaient généralement environ quatre cents convives chez nous, nous étions seulement treize ce jour-là.

Et trêve de superstition, ce n'est pas un chiffre qui porte malheur : tant d'années après, mon mari et moi partageons toujours la vie commune.

Le bonheur est beaucoup plus difficile à raconter que le malheur, parce qu'il se vit plus qu'il ne se décrit.

Bien sûr, il serait mensonger de dire que ma vie de couple, de femme, ne fut que levers de soleil et brises légères.

Qui peut prétendre n'avoir connu que le bonheur…

Ce sont d'ailleurs les moments difficiles qui nous permettent de savourer la lumière qui succède à l'obscurité. C'est le passé qui nous construit…

Oui, je le répète, c'est le passé qui nous construit : le passé proche, le passé lointain, celui qui remonte à notre enfance.

Bien évidemment, mon passé constitue à la fois une force et une faiblesse, il est celui qui m'a forgée.

Il m'a appris à m'adapter. À ma vie d'épouse, ma vie de femme, ma vie de mère.

J'ai eu le grand bonheur d'avoir à mes côtés dans mon enfance une grand-mère exceptionnelle. Une famille formidable.

Et mes plus fortes peines sont nées également de ce passé-là, de cette force-là. Car souvent l'un ne va pas sans l'autre. Le divorce de mes parents a ébranlé mon enfance, mais m'a rendue au final très solide. La joie de vivre qui m'animait, enfant, ne m'a jamais quittée.

Elle a pu parfois s'estomper, se cacher au détour d'un problème, d'une crise, mais elle est toujours réapparue. Cette joie de vivre fait partie de moi.

Tout comme le bleu de la mer et les bleus de la vie…

Mon mari et moi avons comme tous les couples traversé des crises, mais nous les avons toutes dépassées. Il était étudiant en médecine lorsque je l'ai rencontré, et par la suite, sa vie professionnelle a été très prenante et l'a beaucoup accaparé.

J'ai eu le grand bonheur de devenir mère : la joie de vivre l'enfance, la jeunesse et la vie d'adulte de mes filles.

Mais j'ai eu aussi la grande douleur de perdre un enfant à la naissance. Cette douleur se passe de mots. On garde éternellement en soi un vide, une incompréhension, un sentiment d'injustice.

Pourquoi ? Pourquoi la mort, pourquoi cet enfant, pourquoi nous ?

Heureusement, la vie est plus forte que la mort, elle nous nourrit, nous alimente, et mes filles sont venues panser cette blessure, en faire disparaître la vivacité.

Je peux aujourd'hui parler de douleur apaisée.

Lorsque je suis devenue grand-mère à mon tour, j'ai eu à cœur d'apporter à mes petites filles, Sacha et Gabriella, tout l'amour que j'avais moi aussi reçu. La transmission est essentielle à mes yeux.

Une fois par an, nous partons en vacances ensemble, mes petites-filles et moi, même aujourd'hui où elles sont beaucoup plus grandes, l'une d'entre elles toute jeune fille même !

Je les laisse choisir le lieu, et durant une semaine, je les emmène avec moi, tantôt en France, tantôt en Espagne, dans un hôtel, le plus souvent en bord de mer, dans une ville balnéaire. Elles adorent la plage ; sur place, elles choisissent tout !

Une fois, nous sommes parties en croisière, nous étions dans la même cabine.

À parcourir la méditerranée.

À profiter des escales, à multiplier les visites.

À recevoir des cadeaux dans les souks.

Le bleu de la mer, sans les bleus de la vie !

De tels moments rendent si heureux !

À partir du moment où je me suis mariée, j'ai cessé de travailler. Ou plus exactement, j'ai cessé d'exercer une activité rémunérée, d'avoir un emploi. Mon mari en effet préférait que je demeure à la maison. Ma présence, quand lui rentrait du travail, était importante pour lui. C'est ainsi qu'un nouveau statut a commencé pour moi dès qu'il a pris ses fonctions, statut auquel il m'a fallu m'adapter.

Ma vie m'a ainsi amenée à beaucoup réfléchir à la condition des femmes qui ne travaillent pas. Le sujet n'est pas neuf, beaucoup d'auteurs et de spécialistes en ont déjà parlé : les psychologues, les sociologues et même les économistes.
« Femmes au foyer ».
« Mères au foyer ».
C'est également un thème dont les auteurs aiment s'emparer. Il suffit de regarder, il existe tellement de livres, romans et essais, sur ce thème à la fois si riche et si controversé !
Je me suis amusée à rechercher quelques ouvrages qui incluent dans leur titre l'une ou l'autre de ces expressions : mère ou femme au foyer. Ils sont très nombreux et je n'en livre ici qu'un léger aperçu ! Mais cela permet d'exprimer, bien mieux encore qu'avec des mots, la diversité des façons

d'en parler, les représentations qui sont données de ce statut...

Il y a tout d'abord les guides, ou manuels, qui pour certains datent un peu, et apportaient de nombreux conseils pour la bonne tenue du foyer.

« Oser être mère au foyer » : oui, cela en dit long sur l'image que cela renvoie... et le courage qu'il faut !
« Que font-elles de leur journée ? » : oui, certains se posent la question, comme si les mères passaient leur temps à se reposer !
« Les secrets d'une femme au foyer pas désespérée » : on le devine facilement : pas si évident que cela d'être femme au foyer ! La crise de nerfs est proche !

Textes à caractère historique, essais qui questionnent le statut de mère au foyer en tant que phénomène de société, etc. : que d'encre font couler les femmes qui ne travaillent pas !

Je ne m'étendrai pas sur les nombreux livres à caractère érotique qui sont accessibles en version papier ou en ligne... Il est évident que les femmes au foyer sont la source d'un très grand nombre de représentations, d'analyses... et de fantasmes !

Bien évidemment, si l'on étend la recherche, en bibliothèques ou en librairies, aux romans qui traitent de cette question sans que ce soit visible dans le titre, là, le résultat est infini ! De tous siècles, le statut de la femme au foyer et ce que cela implique au plan social, sociétal et psychologique, a alimenté l'imaginaire des auteurs et l'intérêt des lecteurs.

Mon témoignage de femme qui a cessé de travailler peu de temps après son mariage n'a rien d'original. Mais il me semble important de l'apporter, car toutes ces années de vie commune et de partages m'ont amenée à évoluer dans mes perceptions.

Femmes au foyer ou mères au foyer : est-ce un statut choisi à part entière ? Parfois oui, parfois non, et cela fait une grande différence. Cependant, même quand ce n'est pas un choix personnel, mais contraint ou simplement raisonnable – ou pour faire plaisir à un conjoint –, mon expérience m'a montré que rester au foyer peut permettre de vivre une vie bien remplie.

Pouvons-nous, nous, les femmes, nous épanouir sans avoir d'activité salariée ? Posée de cette façon, la question semble impliquer que seul le travail peut permettre l'épanouissement.

Mais peut-être faudrait-il commencer par se demander : est-ce ne pas travailler que de rester entretenir la maison, s'occuper de toute l'intendance, des courses, des enfants puis après des petits-enfants ?!

Le sujet est très vaste et loin de moi l'idée de simplifier ou de caricaturer.

Je sais très bien que de très nombreuses femmes choisissent à un moment de leur vie de renoncer à une vie professionnelle pour devenir femmes ou mères au foyer. Bien évidemment, les cas de figure peuvent diverger. Certaines femmes choisissent de quitter un emploi insatisfaisant, mal rémunéré, ou peuvent avoir des soucis de santé qui les contraignent à arrêter.

Certaines, surtout de ma génération, n'ont pas eu d'emploi à partir du moment où elles se sont mariées. Parfois, aussi, travailler et faire garder les enfants revient tellement cher que cela n'est pas intéressant au plan financier. Les frais de garde, surtout lorsque les horaires sont compliqués, conjugués à des frais de déplacement (essence, entretien de la voiture, etc.) rendent parfois plus rentable de s'occuper soi-même de son foyer.

Mais je voudrais surtout évoquer dans ce livre un cas bien spécifique : la situation des femmes dont les maris refusent qu'elles travaillent. Souvent, ces maris ont besoin d'avoir à la maison une femme qui s'occupe d'eux complètement : qui fasse les courses, qui prépare les repas, qui les serve à table, qui range la maison et fasse le ménage. Quand je pense que certains s'imaginent que la femme au foyer ne travaille pas et passe ses journées à ne rien faire ! La vie d'une mère au foyer est bien plus prenante que celle d'une femme qui travaille à plein temps !

Les femmes au foyer se retrouvent souvent dans une situation terrible, ambigüe : elles n'ont pas de revenus propres, elles sont dépendantes financièrement de leur époux.

Je ne suis personnellement pas dans ce cas, mais j'ai eu l'occasion dans ma vie de discuter avec de nombreuses femmes dans cette situation. Ces épouses étaient tributaires de leur mari, et parfois, certaines auraient voulu quitter un époux qui ne les rendait plus heureuses, mais elles ne le pouvaient pas au plan matériel, car elles se seraient retrouvées à la rue.

En effet, on oublie souvent que les époux, ayant eux des revenus, peuvent se payer les services d'un bon avocat, ce qui n'est pas le cas de l'épouse sans revenus qui lui soient propres… On assiste ainsi à des situations injustes. Une de mes amies était mariée depuis trente-cinq, voire quarante ans. Elle disposait seulement d'une petite retraite, n'ayant jamais travaillé à la demande de son mari, et avait un bon train de vie grâce aux revenus de celui-ci. Cette situation est illustrative du cas de très nombreuses femmes de mon âge. Son mari avait depuis très longtemps une maîtresse – ce qu'elle avait dû accepter – et il a souhaité quitter mon amie… ce qu'il a fait. Elle vit aujourd'hui dans un minuscule appartement, en attendant la vente de leur maison. Elle se retrouve dans la misère, totalement déprimée, seule. Elle a tout perdu : à la fois sa stabilité familiale (il est toujours difficile et très douloureux d'être quittée par quelqu'un avec qui l'on a longtemps tout partagé) et son train de vie. Aujourd'hui, elle doit constamment faire attention à ses dépenses et j'ai profondément mal au cœur pour elle.

Malheureusement, de nombreuses épouses vivent ce type de mésaventures. Normalement, le Code civil protège les femmes quittées par leur conjoint et qui subissent une grande baisse de leur niveau de vie. Une prestation compensatoire peut être décidée par le juge ou parfois être d'ailleurs fixée à l'amiable entre les époux. Des associations peuvent également les aider à défendre les droits des épouses à qui un divorce est imposé par le conjoint. Mais comme je l'évoquais, parfois, la disparité de revenus associée à la perte d'énergie fait que ces épouses doivent malgré tout faire face à une double peine, dans tous les sens du terme, et paient le prix fort dans une séparation…

En conclusion de ce point, je tiens à souligner combien il est important d'avoir su trouver dans sa vie un équilibre personnel qui aidera à faire face à des événements difficiles. J'applique beaucoup le principe du verre à moitié plein : j'ai tendance à voir le bon côté des choses, et à rappeler à mes amies que cela aide beaucoup ! Un verre à moitié vide est aussi un verre à moitié plein ! Et se dire que tirer de ses blessures une sagesse et une force est un moteur qui permet d'aller très loin sur la route de la vie !

Quel que soit son âge, la vie d'épouse et de mère au foyer implique pour une femme des sacrifices et beaucoup d'adaptation.

En ce qui me concerne, je ne regrette pas ce choix qui m'a conduite à d'autres épanouissements.

CHAPITRE 9

L'ignorance est contagieuse. C'est comme une épidémie. Une fois qu'elle est entrée dans ton corps, elle s'y propage aussi rapidement qu'un virus. Il n'y a qu'un seul vaccin pour l'enrayer : les livres !

Elif Shafak, *Lait noir*

Ce sont parfois les situations les plus inattendues qui conduisent à s'interroger, à réfléchir sur notre vie, à ce qui est important, à ce qui l'est moins ou pas du tout…

L'année 2020 sera marquée par un événement que personne n'avait anticipé et qui, lorsqu'il est arrivé, a modifié les comportements du monde entier ! Qui aurait pu prévoir que nous allions connaître une pandémie et un confinement dans autant de pays ! Le coronavirus est dans tous les esprits, dans toutes les bouches.

Cette crise sanitaire mondiale, considérée comme le plus grand défi auquel notre société doit faire face depuis la Seconde Guerre mondiale, est venue bouleverser la vie de chacun d'entre nous.

La vie économique, la vie politique, la vie sociale. Même ceux qui n'ont pas été touchés personnellement par le coronavirus ont été impactés. Nous n'oublierons pas cette période si particulière, où l'improbable est arrivé. Peu de personnes, je pense, imaginaient qu'un virus pourrait conduire autant d'États à tout stopper. Nous avons vu des dirigeants très sceptiques au début de l'épidémie revirer totalement et prendre des mesures très liberticides afin de protéger les citoyens…

Pour beaucoup de personnes, cette année 2020 restera à tout jamais marquée par la Covid-19.

En réalité, cela n'a pas été une période particulièrement difficile pour moi, même si bien sûr j'étais compatissante pour tout ce que vivaient certaines personnes. Je savais notamment combien c'était difficile pour le personnel soignant, et douloureux pour les familles, les amis, qui perdaient des proches. Personnellement, j'ai eu des amies touchées, l'une d'entre elles a perdu sa fille… Cela m'a bien sûr beaucoup peinée.

Cependant, à aucun moment je n'ai eu peur pour moi… Bien sûr, je craignais que ma famille, mes enfants et petits-enfants soient atteints. Mais après tout ce que j'ai vécu en Algérie, cette pandémie ne m'a à titre personnel ni terrorisée ni même inquiétée. Mon mari portait un masque dans son cabinet pour recevoir les patients, afin de se préserver et de préserver les autres, mais il n'avait pas peur non plus.

Le confinement ne nous a pas éloignés, mon époux et moi, loin de là. Il nous a rapprochés. Nous avons entendu dire que le taux de divorces allait augmenter dans tous les pays suite au confinement, mais il ne faut pas oublier que ce dernier a également contribué à renforcer certains couples. Comme beaucoup de citoyens et citoyennes du monde entier, j'ai, pendant cette période, nettoyé, vidé mes placards, fait du grand ménage. Le nettoyage me permettait de me vider la tête, de penser à autre chose. Car ce n'est pas parce que l'on ne s'inquiète pas pour soi que l'on n'est pas préoccupé de ce qui arrive et s'étend à toutes les nations…

En ce qui me concerne, très honnêtement, je n'ai pas vraiment connu de confinement.

J'ai toujours autant vécu dehors.

Bien sûr, je remplissais les attestations, mais je n'ai jamais eu de contrôle. J'ai porté un masque lorsque j'allais dans les supermarchés, j'ai appliqué les règles de distanciation sociale, mais la pandémie ne m'a pas empêchée de vivre…

Ce qui m'a le plus surprise, je pense, est l'état de léthargie qui a saisi Toulouse…comme tant d'autres villes, bien évidemment ! J'ai été choquée de voir ma ville se transformer en ville morte. Cela donnait l'impression étrange d'être dans un film d'anticipation… C'était très impressionnant. Une sensation à la fois curieuse et dérangeante. Je me disais que je rêvais, tout en sachant que ce n'était pas le cas.

Nous avons tous lu des livres de science-fiction ou vu des films dans lesquels le monde a basculé, où le héros ou l'héroïne se retrouve seul, confronté au silence, au vide. Où plus rien n'est comme avant.

C'était exactement le cas, mais aucune explosion nucléaire, aucun attentat ou catastrophe naturelle n'était la cause de cette transformation. Je pense que c'est ce qui me paraissait le plus incroyable. La capacité qu'avait ce virus à tout faire stopper…

J'ai beaucoup lu durant les deux mois de confinement. Malgré mes sorties quotidiennes qui m'aéraient la tête, j'avais envie de lectures légères pour m'évader ! Quand je sens que quelque chose ne va pas, je me plonge dans l'univers d'un auteur. Je suis alors une dévoreuse !

La covid-19 m'aura permis de redécouvrir deux auteurs que j'aime énormément : Guy de Maupassant et Jean d'Ormesson.

J'ai éprouvé le besoin de relire *Une vie*, ce beau roman dans lequel Guy de Maupassant nous raconte le destin de Jeanne, jeune fille normande de dix-sept ans, heureuse d'enfin quitter, après cinq longues années, le couvent où ses parents l'avaient placée. Grand moment tant attendu pour elle : elle va enfin retourner chez elle, dans sa province, et entrer dans la vraie vie… Elle rêve de rencontrer le grand amour et c'est ainsi qu'elle se fiance puis épouse Julien, un vicomte qui symbolise l'homme idéal. Sa vie ne sera pas celle dont elle rêvait… c'est tout l'objet du roman.

Il me semble que ce livre a un côté intemporel : ce qu'il décrit se passe au dix-neuvième siècle, les mœurs sont celles de la petite noblesse provinciale, mais les faits, les sentiments évoqués, ressentis par Jeanne, restent tout à fait, d'une certaine façon, actuels. L'existence de cette femme, ce qui lui arrive et sa psychologie ont un côté universel. La joie de vivre, les espoirs et les désillusions qui s'ensuivent, les mesquineries et les tromperies, la dépendance et la résignation face à un époux pingre et décevant : que tout cela est bien décrit !

Au début du roman, Jeanne pense enfin jouir de sa liberté retrouvée : elle espère construire sa vie autour de projets qui l'animent. Elle est pleine d'espoirs, elle a confiance. Confiance en la vie, confiance en l'amour et ses perspectives. Sa joie de vivre est grande ! La nature qui s'offre à ses yeux est elle aussi source de contentement. Et peu à peu, Jeanne va déchanter. Son mari s'avère brutal, grossier, pingre. Il la trompe. Son fils, à qui elle consacre sa vie, ressemble à son époux et se conduira de façon ingrate avec elle. Elle va devenir une femme résignée et peu à peu perdre le goût à la vie, mais heureusement, elle le retrouvera à la fin du roman, même si elle est vieillie prématurément.

« La vie, voyez-vous, ça n'est jamais si bon ni si mauvais qu'on croit ».

Quelle belle maxime !

Comme je le disais, Jean d'Ormesson m'a lui aussi accompagnée durant cette période de confinement. Pas seulement dans cette période, à dire vrai, mais depuis que je l'ai découvert, il y a de nombreuses années !

J'admire beaucoup cet écrivain, qui a vécu quatre-vingt-douze ans et dont on a dit de lui qu'il est « l'écrivain du bonheur » et qu'il aimait la vie… Académicien, journaliste, agrégé de philosophie, mais également espiègle et accessible, quel homme accompli était-il ! J'aime son style clair, limpide, et sa façon de raconter des histoires, avec des anecdotes personnelles, amusantes. Qu'il est bon de se laisser emporter par un auteur érudit qui a une vision positive de la vie… et qui sait aussi parler du temps qui passe. Il nous invite à rêver, à espérer, à aimer la vie…

« *De temps en temps, je l'avoue, le doute l'emporte sur l'espérance. Et, de temps en temps, l'espérance l'emporte sur le doute* », a-t-il écrit.

Dans certains de ses romans, une idée qui m'est très chère revient : « *Ce qui éclaire l'existence, c'est l'espérance* ».

Oui, il faut s'imprégner de cette vérité, en faire un guide…

Dans son ouvrage, *La vie ne suffit pas* (recueil qui regroupe cinq titres), que j'ai découvert pendant le confinement, il se livre, il nous emporte, il nous instruit à travers des textes choisis, des biographies. Quel délice que de s'instruire de cette façon ! Il me semble que le confinement aura eu cet effet positif de nous inviter à passer du temps à lire, à se cultiver, à s'évader.

Lorsque Jean d'Ormesson est décédé, en décembre 2017, le journal l'Express a rapporté les propos qu'il avait tenus dans une interview :

« *Quand j'étais jeune, j'ai beaucoup aimé l'argent, les voitures, les chemises, les palaces, l'Italie, la dolce vita. Je me suis calmé. Puisque les plus hautes autorités de l'État font des mea culpa, je peux bien, moi aussi, dire que j'ai changé et que je jugerais un peu sévèrement le jeune homme qui apparaît dans mes livres.* »

Le changement dont Jean d'Ormesson parlait est celui lié à une certaine forme de maturité que l'on acquiert en vieillissant.

Nous avons beaucoup entendu dire que le coronavirus et l'expérience que nous venons de vivre allaient changer les gens. Mais selon moi, il n'en est rien. Je n'ai jamais cru et continue de ne pas croire qu'un tel phénomène soit possible. Je sais que nous avons assisté à de belles initiatives, que les gestes de solidarité se sont multipliés. Un de mes cousins a réalisé bénévolement des masques en tissu pour aider les gens, je l'ai aidé et j'ai participé financièrement. Nous sommes très nombreux à avoir agi pour venir en aide, à notre échelle, suivant nos possibilités matérielles, notre disponibilité et nos compétences. Je ne nie pas que tous les élans qui ont pris naissance à ce moment-là étaient impressionnants et ont donné chaud au cœur. Une entraide de proximité s'est mise en place, et les réseaux sociaux, les applications sur les téléphones portables ont facilité les initiatives et les mises en relation. Même contraints de rester chez eux, les gens ont inventé de nouvelles façons d'aider ceux qui en avaient besoin… Et c'est beau ! Participer à la fabrication de masques en tissu, mais aussi aller faire les courses de personnes âgées ou vulnérables, cuisiner pour des infirmières ou des auxiliaires de vie qui rentraient exténuées et démoralisées, prendre des nouvelles de personnes isolées : les petits gestes du quotidien ont permis à des gens de moins souffrir, de pouvoir continuer à vivre.

J'ai conscience que tout cela, que toute cette solidarité qui s'est mise en place, étendue, est rassurante. Les gens sont capables d'empathie, d'ouverture, nous sommes prêts à aider notre prochain lorsque des circonstances difficiles, inimaginables, surviennent.

Mais je pense que globalement, pour le dire simplement, les gens ne sont pas bien dans leur peau, et que cela a empiré ces temps derniers. Notre société connaissait déjà un contexte difficile de remise en cause du projet de loi sur la retraite, il y avait beaucoup de contestations, et pas seulement à travers les Gilets Jaunes. Aujourd'hui, les problèmes économiques sont encore plus nombreux, plus profonds. Le contexte était déjà difficile avant, mais il a très nettement empiré et je pense que malheureusement, on peut s'attendre à des émeutes, parce que parfois il ne reste à certains que ce mode d'expression…

Il faut dire aussi que cette période de crise sanitaire a ressemblé parfois à une sorte de dictature, car le gouvernement interdisait tout de façon exagérée.

On nous a donné des ordres, ils ont été suivis pour la plupart par les Français, mais ils étaient parfois difficiles à comprendre. Ainsi, par exemple, au moment de déconfinement progressif, ne pas pouvoir partir à plus de cent kilomètres de chez soi était du non-sens ! D'ailleurs, on l'a vu tout particulièrement à ce moment-là, et on le constate depuis, les gens ne respectent pas les consignes, ils se regroupent, se collent les uns des autres ! Et au nom de quoi les gens âgés ne pourraient-ils pas sortir : vouloir protéger à tout prix n'est pas normal ! La crise a donné lieu de la part du gouvernement à une sévérité, à trop d'ordres. Je pense que comme la grippe espagnole, le virus va s'estomper, et comme elle, il fera longtemps parler de lui, autant pour les morts qu'il a générées que pour la façon dont la crise a été gérée…

L'avenir permettra de tirer un bilan. Nous sommes nombreux à regretter qu'il n'y ait pas eu assez de masques et de désinfectant pour se protéger, à penser que les choses auraient pu se passer différemment. Même s'il a permis de sauver des vies, le confinement a eu pour conséquence d'appauvrir de très nombreuses personnes. Des gens sont aujourd'hui sans argent, et la crise qui nous attend va être énorme.

Pour toutes ces raisons, j'ai beaucoup de mal à croire que cette crise va permettre de modifier positivement les comportements. Transformer radicalement les gens.

Les changements sont toujours longs. Ils font souvent peur, du fait de ce qu'ils vont occasionner, parce qu'ils nécessitent trop d'efforts, trop de contraintes. Les changements ne sont possibles que lorsque les gens sont prêts à les accepter. Lorsqu'ils ont en eux une force qui les anime pour aller dans un sens nouveau. Je ne pense pas bien sûr que tout est immuable et que la crise n'aidera pas certains à aller de l'avant. Heureusement, d'ailleurs ! Mais il me semble que cela passe par une phase d'adaptation, que ce sera lent…

Et moi, aujourd'hui, je pense à celle que je suis devenue…
À tout ce qu'il m'a fallu raconter pour me retrouver dans ce présent qui, ô oui, me ressemble, comment pouvais-je en douter !

Au terme de ces pages, j'ai retrouvé cette femme que je n'ai jamais cessé d'être, celle qui m'est familière.

Les bleus de la vie, si l'on parvient à s'adapter, ont la couleur du bleu de la mer…

DÉPÔT LÉGAL
Août 2020

Imprimé par Books on Demand GmbH, Norderstedt, Allemagne